# 회귀자 사용설명서

WISHBOOKS FANTASY STORY

# 회귀자 사용설명서 1

흙수저 판타지 장편소설

초판 1쇄 찍은 날 | 2018년 4월  3일
초판 1쇄 펴낸 날 | 2018년 4월 10일

지은이 | 흙수저
펴낸이 | 예경원

기획 | 위시북스
편집책임 | 이규재
편집 | 이즈플러스

펴낸곳 | 예원북스
등록번호 | 제396-2012-000132호
등록일자 | 2012. 7. 25
KFN | 제1-227호

주소 | 경기도 고양시 일산동구 호수로 646-24 위너스21 II 빌딩 206A호 (우)10401
전화 | 031-819-9431 팩스 | 031-817-9432
E-mail | yewonbooks@naver.com



ISBN 979-11-6098-878-9 04810
979-11-6098-877-2 (set)


※ 이 도서의 국립중앙도서관 출판시도서목록(CIP)은 서지정보유통지원시스템 홈페이지(http://seoji.nl.go.kr)와 국가자료공동목록시스템(http://www.nl.go.kr/kolisnet)에서 이용하실 수 있습니다.

1
회귀자 사용설명서
흙수저 판타지 장편소설
WISHBOOKS FANTASY STORY
Wish Books

# 회귀자 사용설명서

## CONTENTS

# 1장
# 내 재능 수치는 일반 이하다

[튜토리얼을 시작합니다.]

"이게 무슨……."

욕을 내뱉으려다 살짝 주변을 둘러봤다. 어두컴컴한 건축물의 내부가 시야에 들어왔다.

희미한 빛 사이로 뭐가 뭔지 모를 문양들이 보였다.

지구에 있는 건물과는 완전히 다른 형태. 생전 처음 본 듯한 그것들로 인해 자연스럽게 입이 벌어졌다. 피라미드의 안을 본 적은 없지만 아마도 이런 모습을 하고 있으리라.

너무나도 비현실적인 상황에 잠시 눈동자를 굴렸다.

마지막 기억은 여동생과 함께 식사를 하는 장면.

'뭐가 어떻게 된 거야. 도대체…….'

기억해 보자면 이렇다.

핸드폰으로 뭐가 뭔지 모를 카톡이 날아왔다.

-게임에 참가하시겠습니까?

친구가 보낸 게임 초대 메시지라고 생각했고 아무 생각 없이 버튼을 눌러 버렸다.

기억나는 것은 겨우 그뿐이다.

괜스레 턱과 다리가 덜덜 떨려왔다. 너무나도 이해할 수 없는 상황에 놓인 탓이다.

갑작스럽게 생전 처음 보는 곳에 와 있다.

이해할 수 없는 것이 당연하다.

눈에 띄는 것은 이곳의 분위기.

마치 공포 영화의 한 장면을 연상케 하는 분위기 덕분인지 대부분의 사람들이 공포에 질려 있었다.

채 다른 생각을 하기도 전에 주변에서 여러 목소리가 들려왔다.

"여, 여기가 어디죠?"

"저한테 묻지 마세요. 저, 저도 잘 모르겠단 말이에요."

"거, 거기 다른 사람들도 있나요? 이곳은 도대체……. 칼

같은 건 왜 있는 거죠?"

"그걸 알면 우리가 이러고 있겠어요? 다들 똑같은 상황인 것 같은데. 뭐 기억나는 거 없어요?"

"저기요! 거기 누구 있어요? 저기요!"

대화를 나누기 시작한 사람들. 바닥에 앉아 있는 사람, 이것이 꿈인 줄 아는지 볼을 꼬집는 사람.

모두 제각각이다.

'꿈은 아니야.'

꿈도 아니고, 나 혼자 이곳에 떨어진 것도 아니다.

빌어먹을 위화감이 없다.

잠깐 침을 삼켰을 때 다시 한번 작은 동굴이 울렸다.

**[플레이어들은 이세계로 초대되셨습니다. 저희는 플레이어에게 초대장을 보냈고 플레이어는 그 초대에 응했습니다. 죽어가는 대륙을 구하기 위한 용사로 선택받은 것입니다.]**

"제기랄! 무슨 용사야!"

"거지 같은 장난치지 말고 빨리 나와, 이 개 같은 놈들아!"

"경, 경찰에 신고할 거예요! 신고할 거예요!"

"당신들 몰래카메라 하는 거야? 이건 고소감이야. 고소감이라고!"

**[그렇지만 모두가 대륙으로 향할 수 있는 것은 아닙니다. 대륙으로 갈 자격이 있는 것은 튜토리얼을 통과한 소수의 인**

**원입니다.]**

"무슨 개소리야!"

**[제 말에 집중해 주세요. 여러분의 생존과 직결되어 있는 문제입니다.]**

갑작스레 정신이 번쩍 들었다. 뭔가 묘한 분위기에서 생존이라는 단어가 귀에 꽂혔기 때문이다.

**[다시 한번 말씀드립니다. 대륙으로 갈 자격이 있는 것은 이번 튜토리얼에서 살아남은 소수의 생존자입니다.]**

"뭐…… 그럼 죽이기라도 하겠다는 거야?"

**[그 역시 여러분에게 달린 일입니다. 제가 지금부터 말씀드릴 것은 여러분들의 생존. 그리고 앞으로의 생활에 필수적인 내용입니다. 이 상황은 꿈이 아닙니다. 엄연히 여러분이 처한 현실입니다. 현실 부정은 추천하지 않습니다. 저 역시 이 튜토리얼에 안내자로서 여러분들에게 도움을 드려야 할 의무가 있기 때문입니다.]**

"장난치지 말라고! 제기랄!"

"제, 제발 꺼내주세요. 제발요."

여러 가지 목소리가 들려오지만 빌어먹을 여자는 차분히 설명을 진행했다.

**[안내를 시작하겠습니다. 첫 번째, 지금 있는 곳은 튜토리얼을 시작하기 전 여러분이 대기할 수 있게 만들어진 스타트**

**포인트입니다. 대기실이라 생각하시면 편하실 겁니다. 스타트 포인트에는 여러분에게 필수적으로 필요한 물품이 들어 있습니다. 식수, 식량 그리고 앞으로 여러분이 사용할 무기들입니다. 무기의 등급은 일반, 희귀, 영웅, 전설로 이곳에 있는 무기들은 모두 일반 이하 등급입니다.]**

확실히 몇 가지가 눈에 띈다. 지구에서 보던 페트병이 아니라 가죽으로 만들어진 수통이었지만 한쪽 구석에 비치되어 있다.

뿐만 아니다.

역시나 가장 시선을 끄는 것은 생소한 무기들이다. 활과 화살, 검과 방패, 창과 메이스까지 중세 시대에서나 사용할 것 같은 여러 무기가 즐비해 있는 모습은 확실히 이질적이었다.

'진짜야.'

가짜가 아니다. 이가 빠진 검이나 오래된 무기가 대부분이었지만 충분히 사람을 죽일 수 있어 보였다.

괜스레 현실감이 닥쳐 들어오기 시작했다.

**[이곳에 있는 무기들로 여러분은 자신의 몸을 지킬 수 있습니다. 참고로 말씀드리자면 튜토리얼의 목표는 생존과 공략입니다. 이곳에는 여러분뿐만이 아니라 대륙의 주민, 몬스터라고 부르는 생명체도 함께 있습니다. 그들은 여러분을 노릴 것이고 여러분은 그들에게 맞서야 할 것입니다.]**

마치 판타지 소설 같은 설정이다.

재미있는 것은 조금씩, 조금씩 소리를 지르는 사람들이 줄어들고 있다는 것.

이곳을 울리는 저 목소리에 집중하기 시작한 것이다. 물론 간헐적으로 욕지기가 튀어나오기는 했지만 그뿐이었다.

**[물론 여러분의 힘으로 그들에게 맞서는 것은 무리일지도 모릅니다. 그렇지만 안심해 주세요. 여러분을 위해 준비된 것은 이뿐만이 아니니까요.]**

"이게 도대체 뭐냐고……."

**[여러분은 선택 받은 플레이어입니다. 각기 다른 곳에서 각기 다른 개성을 가지고 이곳에 왔습니다. 이 장소는 그 개성을 극대화해 주며 여러분의 성장을 도와주지요. 상태창이라고 말씀해 보시면 제 이야기가 무슨 뜻인지 이해하실 수 있으실 겁니다.]**

일단은 상태창이라는 말을 입 밖으로 내지 않았다. 뭔지 모를 상황에 조심스럽게 움직여야 할 필요가 있다고 생각했기 때문이다.

역시나 타이밍 좋게 누군가가 중얼거렸다.

"상태창."

"상태창? 어? 이게 뭐야."

"꺄악!"

허공을 향해 비명을 지르는 여자나 깜짝 놀랐는지 이것저것 살펴보는 이들이 눈에 보였다.

**[상태창은 여러분의 상태를 그대로 표현해 주는 지표입니다. 여러분이 얼마만큼 노력하는지에 따라서 능력치는 올라갈 수도 내려갈 수도 있습니다. 다음은 직업입니다. 크게는 전사, 마법사, 사제, 궁수로 분류되며 이후 업적에 따라 여러 갈래로 나누어집니다. 예를 들면 전사는 야만전사로 야만전사는 광전사로 나누어지게 됩니다. 수많은 성장 방향이 있고 이 성장 방향을 결정하는 것 또한 오로지 여러분의 선택에 달려 있습니다.]**

"아……."

**[직업의 등급은 일반, 희귀, 영웅, 전설로 나뉩니다. 다만 마법사나 사제 같은 경우에는 필연적으로 신성력이나 마력에 대한 친화력이 필요합니다. 일부 직업은 선택할 수 없다는 점 또한 이해해 주시기 바랍니다. 여러분에게 할당된 임무나 숨겨진 퀘스트 혹은 보이지 않는 경험치를 쌓았을 때 여러분은 직업을 선택하실 수 있으실 겁니다.]**

'직업.'

들으면 들을수록 어딘가에서 들었던 이야기와 굉장히 유사하다. 온라인 게임과 비슷한 구성이라고 하는 것이 가장 비슷한 설명이리라.

이곳에서도 사제나 마법사가 희귀하다면 희귀하다고 말할 수 있는 모양.

만약에 정말로 몬스터라는 것들이 있고 그 괴물들이 이쪽을 노린다고 한다면, 대부분이 전사를 기피할 거라고 생각했다.

모두를 대신해 앞장서 싸우고 싶은 사람은 없을 것이다.

나는 곧바로 입을 열었다.

"상태창."

**[이름-이기영]**

[칭호-없습니다. 조금 더 노력하셔야겠네요.]

[나이-25]

[성향-용의주도한 전략가]

[직업-백수입니다.]

**[능력치]**

[근력-10] [민첩-11]

[체력-11] [지력-19]

[내구-12] [행운-21]

[마력-00]

**[장비-없음]**

갑작스럽게 눈앞에 뜬 창은 생소한 느낌이었다.

뭔가 게임 속에 들어와 있는 듯한 느낌에 조용하게 입을 벌렸을 때, 다시 한번 여자의 목소리가 들려왔다.

**[남은 한 가지는 특성입니다. 여러분이 일정 수준에 도달했을 때마다 특성이 열리게 됩니다. 특성은 각 플레이어들마다 다르며, 직업과 마찬가지로 플레이어 각자의 개성에 따라 결정되게 됩니다. 가장 중요한 것은 플레이어 고유의 개성입니다. 등급은 직업과 마찬가지로 일반, 희귀, 영웅, 전설 4단계로 분류되어 있으며 위로 올라갈수록 좋은 성능을 가집니다.]**

"어……."

**[특성 역시 직업과 유사한 방향으로 열립니다. 직업과 마찬가지로 특성 또한 성장 방향에 아주 커다란 영향을 끼칠 수 있으니 부디 선택에 유의해 주시길 바랍니다.]**

사실 마지막 말에는 집중할 수가 없었다.

상태창 하단에 빛나고 있는 글자가 보였기 때문이다.

[특성-영웅 등급. 열람하시겠습니까?]

'어?'

보라색으로 빛나고 있는 영웅 등급이란 글자.

분명히 일반, 희귀, 영웅, 전설 등급으로 분류된다고 말했던 특성이다. 심지어 플레이어의 개성에 따라 이후에 발현될 지도 모른다고 말했던 그 특성이다.

'좋아.'

어째서 시작부터 이런 게 들어와 있는지, 정말로 지금 처한 상황이 현실인지는 모르겠지만 일단은 나쁘지 않다.

**[특성]**

[마음의 눈-영웅]

[본인과 타인의 상태창, 재능, 등급을 열람할 수 있습니다.]

좋은 것인지 아닌 것인지는 모르겠지만 일단 무언가 하나를 얻고 시작한다는 것은 커다란 이점일 것이다. 여자는 분명 생존이 목표라고 이야기했다.

'생존.'

살아남아야 해. 무조건 살아남아야 한다.

지금 이 상황이 거짓말이든 진짜든 간에 일단은 할 수 있는 건 무엇이든지 해봐야겠다는 생각이 드는 것이 당연하다.

'율하는…….'

집에 혼자 남아 있을 여동생을 떠올리자 괜스레 입술을 꽉 깨물게 된다.

주변의 반응은 모두 제각각이다.

특성을 얻었는지 다른 이들과 특성에 대해 이야기를 나누는 이도 있었고 검을 만지작거리거나 방패를 찾는 남자들도 시야에 비쳤다.

무슨 상황인지는 알 수 없지만 위협이 다가오고 있다는 사실에 자신들 나름대로 살 길을 찾고 있는 것이다.

주저앉아 울고 있는 여자.

계속해서 고함을 지르는 중년 남성.

심지어는 아직 학생으로 보이는 꼬마도 보인다.

나 역시 주저앉아 소리를 지르고 싶기는 마찬가지다. 그러나 주저앉아 있을 시간은 없다.

'재능?'

정확히 뭘 말하는지 모르겠지만 일단 확인해 보는 것도 나쁘진 않으리라.

특성이라는 것을 얻은 것만 해도 커다란 성과. 남들과는 다른 출발점에 서 있는 것이다. 소년 만화 혹은 판타지 소설 같은 상황에 주인공이 되는 것 아닌가, 하는 묘한 기대감도 있었지만 금방 고개를 흔들어 버렸다.

'말도 안 되는 이야기지.'

[플레이어 이기영의 재능 수치를 확인합니다.]

**[이름–이기영]**

[근력–성장 한계치 일반 이하]

[민첩–성장 한계치 일반 이하]

[체력–성장 한계치 일반 이하]

[지력–성장 한계치 영웅 이상]

[내구–성장 한계치 일반 이하]

[행운–성장 한계치 영웅 이상]

[마력–성장 한계치 일반 이하]

[총평–플레이어의 재능 수치는 최하입니다. 열심히 노력해도 소용없겠군요. 아무리 열심히 한다고 해도 3류 수준을 벗어나기 힘들어 보입니다. 거의 모든 수치가 절망적입니다. 선천적으로 몸치인 것은 물론, 마력 쪽으로도 발달되기는 힘들어 보입니다. 그나마 지력과 행운은 괜찮지만 글쎄요. 플레이어의 미래가 심히 걱정될 정도입니다. 굳이 검을 휘두르거나 다른 걸 시도하지 않으셔도 됩니다. 어차피 결과는 뻔하니까요.]

어느 정도 예상은 했었지만 기대와는 너무 다른 수치.

눈을 비비고 보고 또 봐도 결과는 같다.

"어?"

살아남는 것이 최종 목표다.

어차피 주인공이 될 거라고는 생각하지 않았고 현실과 만화는 다르다고 생각했지만.

너무나도 절망적인 수치에 나도 모르게 입을 벌렸다.

“제기랄.”

내 재능 수치는 일반 이하다.

[**이상으로 모든 안내를 마치겠습니다. 곧 스타트 포인트가 개방됩니다. 몬스터의 공격에 주의해 주시기 바랍니다.**]

“제길…….”

정신이 없다. 나 자신에게 실망하기도 전에 계속해서 일이 진행되고 있었던 탓이다.

밖에서 정체를 알 수 없는 짐승들이 내는 소리가 들려오고 있다.

공포에 질린 이들은 점점 벽 쪽으로 붙기 시작했고 최소한 자신의 몸이라도 보호하려는지 무장하는 이들도 시야에 비쳤다.

나 역시 마찬가지.

무기는 부족하지 않다. 곧바로 달려가 창을 집어 든 것은 당연지사. 칼도 있었지만 짐승들과 가까이에서 얼굴을 마주보는 것은 사양이다.

‘어떡하지?’

이런저런 생각이 든다.

당연하지만 당황하는 것은 나뿐만이 아니다. 여기저기에서 비명이라 해도 무방한 고함이 들려온다. 밖에서 들리는 짐승들이 우는 소리와 밀폐된 공간이라는 특수성이 공포감을 심어주고 있는 것이다.

“살려주세요!”

“제, 제발 꺼내주세요. 제발!”

“장난치지 말고 빨리 문 안 열어? 당신들 전부 고소할 거야! 고소할 거라고! 빨리 문 열어!”

“엉엉……. 제발 살려주세요. 제발요.”

“경찰에 신고할 거예요! 경찰에!”

“무기 들어! 밖에서 나는 소리 안 들려? 무기 들라고!”

“당신이나 들어요! 당신이! 남자들은 빨리 방패라도 들어요. 빨리요!”

“뭐 하는 거야! 지금! 이상한 분위기 조장하지 말고 빨리 이 거지 같은 장난 안 끝내?”

“장난은 뭐가 장난이야! 다들 상태창 못 봤어? 빨리 무기 들라고! 어이 거기 아저씨! 이게 장난으로 보이쇼?”

발악하듯 외치던 덩치 큰 남성이 나무 방패를 들어 올렸다.

싸우자고 외치는 사람은 많지만 놈은 조금 더 적극적이다.

내가 특성을 발동시키기도 전에 남자의 전체적인 정보가 시야에 비쳤다.

[플레이어 박덕구의 상태창과 재능 수치를 확인합니다.]

**[이름–박덕구]**

[칭호–없습니다. 조금 더 노력하셔야겠네요.]

[나이–23]

[성향–단순무식한 열정가]

[직업–백수입니다.]

**[능력치]**

[근력–21/성장 한계치 영웅 이상]

[민첩–16/성장 한계치 희귀 이하]

[체력–21/성장 한계치 영웅 이상]

[지력–10/성장 한계치 희귀 이하]

[내구–30/성장 한계치 영웅 이상]

[행운–11/성장 한계치 일반 이하]

[마력–00/성장 한계치 일반 이상]

[종평–전체적으로 나쁘지 않게 밸런스가 잡혀 있습니다. 근력과 내구의 잠재 능력이 높아 전사로서 나쁘지 않게 성장할 수 있을 것입니다. 특히나 내구와 체력의 잠재력은 엄청나군요. 마력과 민첩이 낮은 것이 흠이지만 다른 부분으로 보완할 수 있겠죠? 플레이어

이기영에 비교한다면 무척이나 훌륭한 가능성을 가지고 있습니다.]

'이딴 것까진 안 알려줘도 된다고.'

23살이라고는 믿을 수가 없는 외모다. 거대한 키와 덩치, 살이 찐 체형이기는 했지만 전체적으로 뚱뚱하다는 느낌은 아니다. 오히려 온몸이 근육으로 뒤덮은 느낌이다.

일단 근력 포인트와 내구 포인트가 10인 나와는 다르게 근력이 20, 내구는 30포인트다.

재능 수치만 최하위일 뿐만이 아니라 기본 스탯마저 최악이라는 것을 금세 깨달을 수 있었다.

특성 마음의 눈으로 읽은 것과 마찬가지로 전사, 고기방패로는 쓸 만하다고 할 수 있으리라.

대놓고 친한 척을 한다면 상대방의 경계를 살 수 있음이 분명.

일단은 창을 들고 녀석 근처에 서성거리는 것이 첫 번째다.

역시나 창을 들고 싸우겠다는 액션을 취하자 박덕구라는 녀석이 반가운 듯이 입을 열었다.

"형씨도 싸울 참이요?"

"그렇습니다. 일단은 그래야 될 것 같군요. 바깥에 뭔가 있는 것 같기도 하고, 이대로 주저앉아 있는 것보다는 뭐라도 하는 게 좋지 않겠습니까."

"말 한번 시원하구먼, 형씨. 비실비실해 보이는데 말이야."
"고맙습니다. 일단은 준비를 하도록 하죠."
실례되는 말을 한지도 모르는지 녀석은 썩 만족스러운 표정을 지었다.
이렇게 말 한 마디 주고받는 것만으로도 효과가 있다.
나는 다시 한번 입을 열었다.
이번에는 이곳에 있는 모든 사람들에게다.
"지금 이 상황을 부정해 봤자 아무것도 달라지지 않습니다. 일단은 앞서 닥친 일부터 해결해야 되지 않겠습니까. 밖에서 짐승들의 울음소리가 들리고 있습니다. 이게 현실이든 몰래카메라든 아니면 꿈이든 뭔가를 해야 합니다. 모두 무기를 드세요. 일단은 저항해야 합니다."
"이딴 장난질 그만하라고!"
"장난이 아닙니다. 저도 이런 장난 하고 싶지도 않고, 차라리 장난이었으면 좋겠습니다. 일단 무기를 드세요. 만약에 장난이라면 그때 다시 대처해도 됩니다."
싸울 수 있는 사람이 많아야 한다.
들이닥칠 적의 숫자도, 종류도 알 수 없는 상황이다.
누군가가 중얼거렸다.
"그, 그래 일단은 무기를 듭시다. 일단은 저 밖에 있는 것들을 처리한 다음에 상황을 살펴보는 게 맞을 겁니다. 부, 분명히 이길 수 있을 거라고 했으니 그, 그렇게 될 겁니다."

"오, 옳습니다!"

"일단은 싸웁시다!"

당연히 싸움에 익숙한 이들은 아무도 없을 것이다.

그러나 하나둘 검을 들기 시작한다. 단순히 분위기에 이끌린 자도 있고 자신을 지키기 위해 무장을 하는 이도 있다.

분위기는 조금씩 좋아진다.

'나쁘지 않아.'

이런 흐름은 괜찮다.

"여자들도 무기 들어요."

"네?"

"앞에 나가서 싸우라는 소리가 아닙니다. 무슨 일이 벌어질지 몰라요. 일단은 무기라도 들고 있어야 합니다. 누가 지켜줄 거라고 기대하면 안 됩니다. 이건 현실이에요."

"아. 네, 네……."

내가 무슨 말을 하는지 알아들었을 것이다.

결국에는 마음에 들지 않는다는 표정으로 무기를 들기는 하지만 그것뿐이다. 여전히 뒤쪽에서 서성거리고 있는 몇몇 무리. 아니꼽다.

그렇지만 이곳에서 그런 말을 대놓고 할 수는 없는 노릇. 결국에는 침을 삼키며 다가올 적들을 기다리기 시작했다.

'이길 수 있을까?'

당연히 무리.

그렇지만 버틸 수는 있을 것이다. 사망자가 많을지는 모르겠지만 일단은 이 베이스캠프를 지키는 것이 중요하다.

'튜토리얼. 분명히 튜토리얼이라고 말했으니까.'

분위기도 좋고, 모두 싸울 의지가 있다. 눈동자에는 모두들 살아남고 싶다는 열망이 가득하다.

'할 수 있어.'

[잠시 후 스타트 포인트가 개방됩니다. 5, 4, 3, 2, 1.]

[스타트 포인트를 개방합니다. 여러분의 무운을 빕니다.]

그렇지만 어떻게 할 수 있을 거라고, 이겨낼 수 있을 거라고, 뭔가 버텨내거나 기적 같은 일이 벌어질 거라고 생각했던 것은 오로지 내 착각이었다.

"꺄아아아아아악!"

앞이 아닌 뒤쪽에 있던 석문이 열리며, 인간 같은 형상을 한 괴물이 몸을 뒤로 빼려던 여자의 목을 물어뜯었다.

상대적으로 후방에 위치한 이곳까지 피가 튈 정도.

다른 이들의 눈이 공포에 질리기도 전에 사방에서 괴물들이 들이닥쳤다.

"아아아아아악! 살려줘!"

"도망쳐!"

'제기랄!'

순식간에 비명 소리가 가득 울리기 시작.

그야말로 아비규환이다.

싸우자고 먼저 외쳐댔던 박덕구 본인도 정말로 저런 괴물이 찾아올 거라고는 생각 못 했는지 검과 방패를 든 채로 멍하니 전방을 바라보고 있었다.

검 한 번 잡아본 적이 없는 일반인, 심지어 싸움에도 익숙하지 않은 이들이다.

이런 상황을 버텨낼 수 있을 리가 없다.

모두들 눈앞의 현실이 믿기 힘든 것이다.

나도 모르게 멍하니 전방을 바라보고 있는 박덕구를 향해 입을 열었다.

"뭐 해? 죽고 싶어!?"

"형, 형씨!"

다리와 창을 든 손이 후들후들 떨린다. 그렇지만 입술을 깨물며 일단은 창을 내질렀다.

푸욱!

얻어걸렸는지 괴물의 머리를 정확히 관통한 창.

박덕구는 악에 받쳐 방패로 괴물들을 밀어냈다.

진형이 붕괴되는 것은 순식간이었다.

순간적으로 아군과 괴물들이 뒤섞이고 열린 공간으로 도망치는 인원이 생겨나기 시작했다.

'도망쳐야 해.'

이곳에 있다가는 죽는다.

'죽어.'

틀림없이 전멸.

'죽을 거야.'

다른 생각을 할 시간 따위는 없다.

"뛰어!"

"어? 어? 어?"

"망할 돼지야! 뛰라고! 내 말 안 들려?!"

일단은 점찍어둔 녀석을 향해 고성을 내질렀다. 그 목소리에 정신이 번쩍 들었는지 곧바로 방패를 들고 내빼기 시작하는 녀석.

나 역시 좁은 틈으로 빠져나가기 위해 몸을 내던졌다.

'아!'

발걸음을 옮기던 와중에 떠오른 것은 식량과 물. 비교적 가까운 거리다. 이곳에 다른 쉼터가 있는지 없는지 확인할 수 없는 만큼, 저것들은 무조건 챙겨놔야 한다.

"혀, 형씨! 어디로!"

"물 챙겨!"

"알, 알겠!"

여러 목소리가 뒤섞이는 와중에도 비명만은 분명히 들려왔다.

좀비에서 붙잡혀 어깨를 물린 여자와 눈이 마주친다.

"살, 살려……."

"제길."

순간적인 고민.

그러나 창을 맞잡은 두 손은 여자의 기대를 배신한다.

절망으로 가득 찬 여자의 눈동자를 쳐다보지 않는다. 아무렇게나 떨어져 있는 가죽 가방을 두세 개 집어 들고 고개를 돌리자 괴물들이 개떼같이 달려들어 여자를 덮쳤다.

그녀 덕분에 내가 살 수 있으니 고맙다고 말하는 것이 맞으리라.

'미안하다.'

대답을 들을 수 없는 사과를 마음속으로 중얼거린 이후에 곧바로 발걸음을 옮긴다.

"형씨!"

박덕구가 힘껏 외친 곳으로 고개를 돌리자, 괴물 하나가 이쪽으로 몸을 날렸다.

"씨……."

푸욱!

"게엑!"

마침 어디에선가 날아온 검이 녀석의 머리에 틀어박혔다.

행운 수치와 관련이 있는지는 알 수 없지만 일단은 운이 좋다고 할 수 있는 상황.

잠시 검을 날린 남자와 눈이 마주친 느낌이 들었지만 정보를 확인할 시간 따위는 없었다.

확실한 것은 굉장히 이상한 느낌이 들었다는 것.

'뭐지?'

겁에 질린 얼굴이 아니다. 절박해 보이기는 했지만 삶에 대한 집착은 아니었다.

'착각인가?'

무척이나 기억에 남는 얼굴.

순간적으로 녀석과 스쳐 지나가니 방패를 든 채로 나를 기다리는 박덕구가 보였다.

"물 챙겼어?!"

대답은 들려오지 않는다.

그러나 녀석의 오른손에 들려 있는 가죽 주머니를 보니 확실히 챙길 건 챙긴 모양.

시킨 일은 잘하는 타입이다.

"아, 안에 아직 사람이 있는 것 같은데!"

"닥치고 뒤지기 싫으면 뛰어! 뒤에 괴물들 안 보여?"

"아, 알겠소. 형씨!"

녀석과 함께 넓은 공간으로 튀어 나온 것은 순식간.

도망치다 잡히는 사람도, 애초에 빠져나오지 못한 사람 모두 시야에 들어온다.

살짝 뒤돌아보니 쫓아오는 괴물은 없다.

모두 안쪽에 있는 '먹이'에게 집중하고 있는 것이다.

저항하고 있는지 여기저기서 비명소리가 들려오고 있었지만 아무것도 들리지 않는다고 생각하며 귀를 막아버렸다.

"사, 살려줘!"

"맞서 싸워아아아악!"

"게엑!"

"꺄아아아아아악!"

"살려주세요. 엉엉……. 살려주세요. 엉……."

"으아아아아아악!"

녀석 역시 눈을 질끈 감는 것을 보니 두고 온 사람들이 눈에 밟히는 것 같았다.

"죄책감 가지지 마. 어쩔 수 없었으니까."

"그, 그렇지만."

"어쩔 수 없었어. 어쩔 수 없었어……."

어쩔 수 없는 상황이었다.

녀석 역시 그걸 알고 있었을 것이다.

"제길……."

그러나 박덕구의 입에서 흘러나오는 욕지거리는 막을 방법이 없었다.

"이, 이제 어떻게 해야 하는 거요. 형씨."

"그걸 알면 내가 이러고 있겠어?"

아까의 충격이 채 가시기도 전이다.

신경질적으로 입을 열자 박덕구가 조용히 내 눈치를 보기 시작했다.

스타트 포인트에서 사건이 터진 이후 계속해서 반말을 하는데도 이쪽에 따로 이야기가 없는 것을 보면 받아들이기로 한 모양이다.

"일단은 이곳이 어떤 곳인지도 모르니까. 주변에 뭐가 있는지부터 살펴봐야겠지."

"바, 밖으로 나갈 거요?"

"당장은 아니야."

"그, 그럼 언젠가는 밖으로 나간다는 거요?"

"당장은 아니라고 말했잖아."

마치 미로와도 같은 내부에서 겨우 찾은 숨겨진 공간이다. 녀석과 내가 함께 있기에는 조금 비좁지만 나쁘지 않다. 일단은 최소한의 안전은 확보할 수 있을 것 같았기 때문이다.

'물, 식량 그리고 무기.'

언제가 될지는 모르겠지만 당연히 버틸 수는 있다.

문제는 언제까지 버텨야 하냐는 것.

또 이곳이 정말로 안전하냐는 것.

생각할 것이 무척이나 많다.

"정말로 이런 일이 일어날 줄은 몰랐는데……."

"상태창이랑 괴물 새끼들 봤잖아. 홀로그램도 아니고 게임도 아니야. 엄연한 현실이라고. ……나도 차라리 꿈이었으면 좋겠다."

"끄으응."

지금 처한 상황은 엄연히 현실이다. 스타트 포인트에서의 일을 언급하지 않고 있을 뿐이지 실제로 사람이 죽어 나가는 것을 눈으로 확인해 보기도 했고, 뭐라고 표현할 수 없는 괴물 새끼들이 들이닥치는 것도 확인했다.

현실을 부정해 봤자 달라지는 것은 없다.

"틀림없이 이 튜토리얼의 목표가 생존이니 뭐니 말한 것 아니요? 그, 그 이상한 여자가 분명히 그렇게 이야기한 것 같은데. 그렇다면 이, 이곳에 계속 숨어 있다 보면……."

"그렇게 간단한 문제가 아니야."

"뭐가 또 있소?"

"지금 이 상황이 언제까지 지속될지 예상할 수 없는 게 문제지. 식량이랑 물은 어떻게든 챙겼지만 일주일도 버티기 빠듯하다고……. 그리고 이곳이 마냥 안전하리라는 보장도 없고. 지금 우리가 몸을 숨기고 있는 곳이 아까 봤던 괴물들의 쉼터인지 누가 알겠어."

"정말이요?"

"말이 그렇다는 소리다. 그리고 지금 이렇게 튜토리얼을 나간다고 해도…… 이후에는 어떻게 버틸 건데?"

"무, 무슨 소리요?"

"확실하지는 않지만 튜토리얼이 끝난 이후에 우리는 대륙이라는 곳으로 간다. 말인즉, 지금 이 던전이 천국같이 느껴질 정도의 상황이 찾아올 수도 있다는 거야. 다음 장소가 이곳보다 안전하리라는 보장은 어디에도 없어. 단순히 버틴다고 능사가 아니야."

녀석이 입을 꾹 다물었다. 내 말을 부정할 수 없었기 때문이리라.

물론 이후의 일은 그 누구도 알 수가 없다. 그러나 여자의 말처럼 우리가 정말 대륙을 구하기 위해 선택 받은 플레이어라면 지금 이게 끝이 아닐 것이다.

아까 봤던 괴물들을 수없이 마주쳐야 될지도 모르고 같은 인간끼리 싸워야 할 상황이 올 수도 있다.

앞으로는 더한 상황을 마주할 수도 있다.

"지금 당장 웅크려 봤자 결국 이곳을 떠나면 뒤지는 건 똑같다는 소리다."

"뭐, 다, 다른 생각이라도 있는 거요?"

"싸워야 해."

"그 괴물들이랑 말이오?"

"게임 좀 해봤어?"

"게임 안 해본 인간도 있소?"

"상태창, 스탯, 칭호, 장비, 직업. 어디서 많이 봤다는 생각 안 들어? 지금 게임 속에 들어와 있다고 생각해 봐. 뭘 해야 되겠어?"

"모르겠……."

"레벨 업이다. 최소한 우리 몸을 지킬 수 있을 정도로 강해져야 된다는 거야. 몸을 움직이고 괴물을 죽이면 스탯이 오르고 그 여자 말처럼 직업도 구할 수 있어. 특성이라는 것도 당연히 열릴 거고 힘들겠지만 그런 상황이 온다면 우리가 더 이상 그 괴물들을 피해 다니지 않아도 된다는 거야."

"아……."

"일단 도망치는 와중에도 검이랑 방패는 챙겼고 식수랑 식량도 가지고 있는 상태지. 남들보다는 나은 상황이야."

"그, 그렇지만……."

역시나 녀석은 바깥으로 나가는 것을 달가워하지 않았다.

사실 모든 인간이 똑같을 것이다. 사람을 잡아먹는 괴물 새끼들과 마주치고 싶어 하는 인간이 세상천지 어디에 있겠는가.

그러나 선택의 여지가 없다. 도태되면 잡아먹힌다. 살아남을 수 없다.

"그것도 생각해 본다."

"답이 있기는 한 거요?"

"답이 없으면 만들어야지."

답이 없으면 만들어야 한다. 아니, 생각보다 답은 쉽다.

"죽일 수 있어."

"사람을 잡아먹는 괴물을 무슨 수로 이긴단 말이오."

생각해 보면 이기지 못할 녀석들은 아니다.

첫 번째 전투에서 기억나는 것은 아무것도 없다.

사방에서 덮쳐들어 모두가 겁에 질렸기 때문이다.

그러나 손에 감촉은 남아 있다.

창을 찔러 넣었을 때의 소름 돋는 감촉. 제대로 힘을 주고 찔러 넣은 것도 아니었다.

그렇지만 내 창은 너무나도 쉽게 놈의 피부를 뚫고 들어갔다.

단지 공포에 질렸을 뿐이다. 그 상황에, 처음 보는 괴물에 당황하고 싸울 의지를 잃어버렸을 뿐이다. 내가 그랬고 옆에 있는 박덕구가 그랬고 그곳에 있는 모두가 그랬다.

'이기지 못할 상대는 아니야.'

냉정하게 생각해 보면 이기지 못할 상대는 아니다.

"단순하게 생각해야 해. 최대한 단순하게."

"무슨 소리요."

"공포에 떨지 말고 있는 그대로 놈들을 봐야 한다는 소리다. 물론 쉽지 않겠지. 지금 당장도 떨려서 뭘 어떻게 해야 되는지 모르겠으니까. 너도. 그리고 나도 말이다. 그러나 둘러싸이거나 갑작스럽게 뒤에서 덮쳐오는 공격만 아니라면 승산은 있어. 피부는 연약하고 운동 능력도 높지는 않아. 우리가 도망칠 때 뒤따라오던 녀석은 없었어. 중간에 전부 나가떨어졌지. 스타트 포인트인지 뭔지 하는 곳에서 많은 사람이 죽었던 건 어디까지나 수적으로 열세했기 때문에. 그리고 공포에 질려 제대로 대응하지 못했던 게 원인이야."

눈으로 직접 확인해 보기 전까지 확실한 것은 없다.

그러나 아마 내 추측이 맞을 거라 생각한다.

인간의 신체 능력에 비교해서 녀석들이 나은 것은 턱 힘이나 손톱뿐이다.

신체 능력은 이쪽이 우위에 있을지도 모른다.

맨몸으로 달려드는 녀석들과는 다르게 이쪽은 창이나 검 따위도 가지고 있다. 사실상 모든 부분에서 앞서 있다고 해도 과언이 아니다.

"냉정하게 생각해 보면 이길 수 있어."

문제는 박덕구 녀석이 덩칫값을 못하고 있다는 것. 내 설명이 끝난 이후에도 불안한 듯 침을 삼킨다.

'답답한 놈.'

그때였다.

"게엑."

어디에선가 목소리가 들려온 것.

순간적으로 숨을 들이마신 것은 당연한 일.

나뿐만이 아니라 옆에 있는 박덕구 녀석도 숨을 한껏 들이마셨다.

"게엑!"

녀석들이 본래 무리생활을 하지 않는 건지 아니면 녀석이 무리에서 떨어진 건지는 알 수 없다.

그렇지만 소리는 들려온다.

"진짜 여기가 놈들이 사는 곳은 아니오?"

마음속으로는 욕이 절로 튀어나왔다.

'할 수 있나?'

어차피 한 번은 마주쳐야 할 놈이다.

심장을 누군가가 몽둥이질을 하는 느낌이지만 입술을 꽉 깨물었다. 이곳에서 피한다면 죽도 밥도 안 된다는 것을 알고 있었기 때문이다.

[몬스터 게걸스러운 아귀의 상태창을 확인합니다.]

**[이름–없음]**

[칭호–없습니다. 조금 더 노력하셔야겠네요.]

[나이–5]

[성향–본능]

[직업–백수입니다.]

**[능력치]**

[근력–11] [민첩–15]

[체력–14] [내구–12]

[행운–10] [마력–00]

좁은 틈새로, 놈의 정보를 볼 수 있었다.

'된다.'

몬스터를 상대로도 이 능력은 발동한다.

조금은 반가운 소식.

'이길 수 있어.'

극복해야 하는 것은 공포다.

일전에는 자세히 보지 못했지만 확실히 징그럽다. 벌거벗고 있는 상체와 하체는 그렇다고 치고 녹색 눈과 툭 튀어나온 턱과 이빨이 너무 거슬린다.

저 턱과 이빨로 이름 모를 여자의 목을 물고 있는 장면이 머릿속에서 계속해서 재생된다.

'그렇지만.'

형편없는 능력치다. 이쪽도 그렇게 능력치가 좋다고는 할 수 없지만 녀석의 능력치는 상상했던 것보다도 낮다.

저 정도라면 가능하다.

괜스레 창을 쥐고 있는 손에 힘이 들어갔다. 박덕구가 초조한 듯이 나를 바라봤지만 내뺄 생각은 없다. 이길 수 있다는 걸 보여줘야 된다.

"나, 나가면 안 되는 거 아니오?"

굳이 대답하지는 않는다. 땀으로 등이 흠뻑 젖었기 때문이다. 손과 다리가 덜덜 떨렸다.

'젠장…….'

실수하면 죽는다. 아마도 죽을 것이다. 그렇지만 언제까지 이렇게 있을 수가 없다. 언제가 될지는 모르겠지만 필연적으로는 이 자식들과 부딪쳐야 한다.

"안 나가도 어차피 죽어."

숨을 한 번 참고 곧바로 밖으로 튀어나갔다.

"게엑!"

'제길!'

어느 정도 가까워지면 눈치챌 거라고는 예상했지만 내 생각보다 빠르다. 움직임과 동시에 창을 휘둘러야 한다고 생각한 것은 당연지사. 그렇지만 손이 마음처럼 움직이지 않는다. 공포에 몸이 굳어버린 것이다.

"으아아아악!"

결국에는 악에 받치듯 소리를 지르며 다가오는 놈의 머리를 향해 창을 내지를 수밖에 없었다.

이쪽이 공격한다는 것을 예상했는지 녀석은 곧바로 몸을 숙인다.

창의 진로를 바꾸기가 쉽지가 않다. 부들부들 떨리는 손에 힘을 주고 다시 창을 내리자 우연히 놈의 어깨에 창이 박혔다.

"게에에엑!"

푸욱!

하는 소름 끼치는 감각에 손을 놓을 뻔했지만 멍하니 있을 시간은 없다.

"으아아아!"

그대로 창을 밀어 넣자 놈이 창에 꽂힌 채 벽에 처박혔다.

버둥거리는 녀석의 모습에 나도 모르게 인상을 찡그렸지만 옆에 있는 돌을 들어 그대로 놈의 머리를 내려치기 시작. 발버둥 치는 놈의 손톱에 상처가 나기는 했지만 고통은 없었다.

"제기랄! 제기랄! 제기랄!"

콰직!

손과 몸에 튄 이상한 점액질과 혈액에 소름이 끼친다. 내려치는 손은 멈춰지지가 않는다.

"제기랄!"

콰직!

"죽어!"

콰직!

"게에에엑."

콰지직!

"……후우."

결국에 녀석의 얼굴이 피떡이 된 이후에야 손에 들고 있던 커다란 돌을 내려놓을 수 있었다.

"후우. 후우."

심장이 미친 듯이 뛴다. 진정이 안 되었다. 팔은 녀석의 타액인지 혈액인지 모를 액체로 범벅이다.

생명체를 죽이는 것 자체가 처음이다.

턱을 덜덜 떨다 좁은 틈새로 날 보고 있던 박덕구와 눈이 마주쳤다.

깜짝 놀랐다는 표정이다.

정말로 내가 해낼 거라고 생각하지 않았던 것이다.

나 역시 믿겨지지 않는다.

[근력 스탯이 1 상승했습니다.]

예상이 맞아떨어졌다.

입꼬리를 위로 추켜올렸을 때, 놈이 조심스럽게 입을 열었다.

"거, 이름이 뭐요."

"이기영."

"거, 기영이 형님이라고 불러도 되겠소?"

대답하는 대신 작게 고개를 끄덕였다.

묘한 눈으로 나를 바라보는 놈을 똑바로 보며 말을 이었다.

"내가 할 수 있으면 너도 할 수 있어. 아니, 넌 더 잘할 수 있다."

"무슨 말인지 알 것 같소, 기영이 형님. 맡겨주쇼. 그럼 지금부터 뭘 하면 되는 거요?"

일단 나쁘지 않은 녀석을 얻은 것 같다.

할 일은 많다.

나는 놈을 바라보며 입을 열었다.

"일단은 백수부터 탈출해 보자고."

직업을 구한다. 그게 첫 번째다.

# 2장
# 회귀자

"직업은 어떻게 구하는 거요?"

"나도 몰라."

박덕구가 황당하다는 듯이 나를 봤다.

"나는 무슨 척척박사가 아니야. 그렇게 똑똑한 편도 아니고."

"형님 정도면 똑똑한 거 아니오? 최소한 공부만 한 샌님보다는 형님이 조금 더 믿음직해 보이는데. 형님도 샌님처럼 보이기는 하지만."

반쯤은 맞다. 공부도 그렇게 잘하는 편이 아니었다는 게 문제라면 문제지만 말이다.

"그럼 어떻게 전직을 하겠다는 거요?"

"일단은 놈들을 사냥하러 다니는 것 말고는 답이 없지. 그 여자는 우리가 얼마나 노력하는지에 따라서 직업이 결정된다고 이야기했다."

"그건 나도 들은 것 같기는 한데……."

"일단은 뭐라도 해야 변화가 생긴다는 말이다. 그냥 서서 검을 휘두르든지 아니면 계속해서 싸워서 놈들을 잡든지. 저기서 계속 처박혀 있다가는 아무것도 못 하다가 죽을걸."

입을 열며 가죽 가방에 있는 물품을 모조리 쏟아부었다.

잠시 뭘 하냐는 듯한 눈으로 박덕구가 나를 바라보기는 했지만 신고 있는 운동화 끈으로 가죽을 대충 엮어 놈의 몸에 붙이기 시작하니 무슨 의도인지 눈치챈 모양이다.

조금 감동한 듯한 놈의 얼굴이 눈에 띄었다.

"거 갑옷 같기는 한데……. 형님은 필요 없소?"

어차피 앞에서 싸우는 건 녀석이니 굳이 내 것까지 만들 필요는 없다.

목을 보호해 줄 수 있는 가리개 하나로 충분. 조금 전 괜히 앞에 나가서 지랄을 떤 것이 아니다.

그러나 굳이 그런 설명을 할 필요는 없어 보였다.

"상대적으로 네가 더 덩치가 크니까."

"기대에 부응하지 못할까 무섭기는 하지만…… 일단 천천히 하나씩 해보겠소."

놈의 말에 나는 고개를 끄덕였다.

■

확실하게 기대에 부응했다.

사실 박덕구의 기본적인 스탯을 봤을 때 어느 정도 강하리라는 것은 예상할 수 있었다. 신체가 스탯의 영향을 어떻게 받는지는 이해할 수 없었지만 녀석의 스탯은 내 두 배에 육박한다.

특히 30이라는 내구 능력치는 정말 당황스러울 정도였다.

커다란 덩치에서 뿜어져 나오는 근력과 그것으로 휘두르는 방패와 검. 어설픈 가죽 갑옷까지 더해지니 마치 영화 속에 나오는 검투사 같다.

기대가 되는 것이 당연했고 실제로도 나쁘지 않은 모습을 보여줄 것 같은 느낌이었다.

그러나 어느 정도 자신감을 찾은 녀석은 내 예상을 훨씬 뛰어넘었다.

"형님!"

"알겠다."

방패로 괴물 두 마리를 밀어붙이는 녀석의 등이 시야에 들어왔다.

아직까지는 무서운지 얼굴이 파랗게 질려 있지만 놈의 방패에 맞은 괴물의 사정은 그렇지 않다.

단순히 힘으로 밀어붙이고 있을 뿐이었지만 벽과 방패 사이에 끼어 있는 괴물은 손톱을 뻗는 일밖에는 할 수 없었다.

박덕구가 한 마리를 묶어둔 사이에 창을 내지르자 기괴한 감촉과 함께 창이 녀석의 얼굴이 틀어박혔다.

'정확해.'

"흐읍!"

괴상한 비명을 내지르며 박덕구 역시 한쪽 손에 있는 검을 휘두른다. 인상을 찡그리지만 검을 잡은 손아귀에 힘을 빼지는 않는다. 방심하면 다친다는 것을 이전의 경험으로 알고 있었기 때문이다.

"게에에에엑."

놈이 추욱 늘어지고 난 이후 나는 괴물의 얼굴에 다시 한번 창을 밀어 넣었다.

"후우. 후우."

'힘들다.'

간단해 보이지만 모든 게 간단하지 않다.

그나마 박덕구가 하는 일에 비교하면 낫지만 애초에 기본 체력에서 차이가 있다.

이놈들과 몇 분 동안 시간을 보내는 것만으로도 몸은 이미 땀으로 범벅이다.

"거, 물 좀 드슈."

"고맙다."

살짝 한숨을 쉬자 박덕구가 걱정스럽다는 목소리로 입을 열었다.

"체력이 너무 약한 거 아니요?"

"운동이라는 걸 해본 적이 없었으니까."

그나마 체력 포인트가 오르긴 올랐다.

'고작 1.'

그에 비하면 박덕구는 조금 다르다.

본래 30이었던 내구 수치가 현재는 33. 나와 비교한다면 엄청난 성과라고 말할 수 있으리라.

스탯이 오르는 것에도 재능 수치의 영향을 받는 건지는 모르겠다만 아마 그럴 거라고 생각했다.

놈의 내구 스탯 재능 등급은 영웅 이상. 마음만 먹는다면 전설 등급까지도 이를 수 있을 정도의 잠재 능력을 가졌으니 이토록 빠르게 오르는 것도 무리는 아니리라.

'제길.'

물론 쓸데없는 질투심은 없다.

내가 걱정하는 것은 저 박덕구가 나를 필요로 하지 않을 경우다. 순박해 보이는 얼굴이 그런 생각을 하고 있는 것 같지는 않다. 저쪽이 이쪽을 의지해야 내가 살아남는 데 유리하기에 다행이라 생각했다.

"그런데 오늘은 조금 더 나가보는 건 어떨 것 같소? 형님?"

"조금 더 주변을 둘러보고. 그리고 말할 때 목소리 좀 줄여라."

"역시 조심해야 되는 거요?"

"첫 번째 스타트 포인트에서 괴물들이 그렇게 몰려 있었던 이유가 뭐일 것 같아?"

"그 안내자라는 여자가……."

"그럴 수도 있지만 내 생각은 달라. 괴물들은 둔하지만 소리에는 민감하다. 한곳에서 그 오랜 시간 소리를 질러댔으니 사방팔방에서 괴물들이 몰려오는 것도 무리가 아니지. 아마 조용히 튜토리얼을 시작했다면 거기 있는 인원 중 절반은 살아남았을 거다."

"그, 그런 거요?"

"그래. 싸울 때 흐읍! 같은 기합 소리도 조금 줄여야 돼. 지금이야 무리에서 떨어진 한두 마리 상대하는 건 일도 아니지만 4, 5마리 정도가 모이기 시작하면 죽는 건 우리야. 계속 이동하는 이유도 한 자리에 있으면 둘러싸일까 봐 그러는 거고."

묘하게 존경한다는 눈빛을 하고 있다.

조금만 냉정하게 생각해 본다면 모두 눈치챌 수 있는 일이다. 그렇지만 순박한 놈이 이쪽을 나쁘지 않게 봐주고 있다는 사실은 웃을 수 있는 부분.

나는 고개를 끄덕인 뒤에 다시 한번 말을 이었다.

“이쪽이 조금 여유가 있는 것도 본래 이 근처에 있는 괴물들이 전부 스타트 포인트로 몰려갔기 때문일 거다. 아마 그때 도망친 다른 놈들도 비슷한 상황이겠지.”

이런 식으로 머릿속에 있는 정보를 하나씩 푸는 수밖에는 없다고 생각했다.

“잠깐 밥이라도 먹자.”

“뭐, 그렇게 하는 게 좋겠소.”

조용히 바닥에 앉아 개도 먹지 않을 푸석푸석한 음식을 꺼냈을 때였다.

“…….”

어디에선가 희미한 목소리가 들려온 것.

마음 같아서는 모른 척하고 싶지만 박덕구 녀석이 귀를 쫑긋 세우며 이쪽을 향해 입을 열었다.

“저거 사람 목소리 아니오?”

“설마.”

“꺄아아아아악! 살려주세요!”

심지어 목소리가 점점 더 가까워진다.

이쪽에 사람이 있다는 걸 알고 있는 것이다.

‘실수였어.’

실수다.

길을 헤매지 않기 위해 벽면에 칼집을 새긴 것이 실수였다.

누군가가 찾아오는 것을 바라기는 했지만 저렇게 온 동네가 떠나가도록 소리를 지르면서 올지는 상상도 못 했다.

“혀, 형님.”

“일단은 검 들어.”

피하기에는 늦었다.

“게엑!”

그나마 다행인 것은 뒤따라오는 괴물이 그리 많아 보이지 않는다는 점이다. 새로운 인원이 합류한다는 건 반가운 상황이기는 하지만 한편으로는 달갑지 않은 상황이기도 하다.

‘식수와 식량을 가지고 있다면 말이 달라지겠지만…….’

자원이 한정적인 것이 문제다.

이쪽은 자선사업가가 아니다. 함께 싸워줄 동료가 필요한 것이지 짐이 필요한 것은 아니다. 조건은 싸울 의지가 있을 것, 식수와 식량을 가지고 있을 것, 소수일 것.

그런 의미에서 지금 들리는 목소리는 낙제다.

함께 움직일 만한 동료는 아니다.

“짜증 나는데…….”

“너무 걱정하지 않아도 될 것 같소, 형님. 얼마 없는 것 같으니.”

‘속 편한 놈.’

검과 방패를 들고 먼저 뛰어가는 녀석. 나 역시 곧바로 창을 들고 박덕구의 뒤를 쫓았다.

조금은 널찍한 공간으로 나가자 괴물을 세 마리나 끌고 달려오는 여자를 볼 수 있었다.

반쯤 찢어진 옷. 전체적으로 미인상이지만 겉모습은 이미 눈에 들어오지 않는다.

'민폐녀.'

이쪽을 봤는지 허겁지겁 뛰어오는 모습은 가관이다. 무기도 없고 식량도 없다. 뒤쪽에 있는 괴물들의 능력치를 확인한 이후에는 곧바로 눈을 발동시켜 여자를 관찰하기 시작했다.

[플레이어 정하얀의 상태창과 잠재 능력을 확인합니다.]

**[이름-정하얀]**

[칭호-없습니다. 조금 더 노력하셔야겠네요.]

[나이-21]

[성향-순수한 옹호자]

[직업-백수입니다.]

**[능력치]**

[근력-10/성장 한계치 희귀 이하]

[민첩-11/성장 한계치 희귀 이하]

[체력-12/성장 한계치 영웅 이하]

[지력-22/성장 한계치 영웅 이상]

[내구-14/성장 한계치 희귀 이하]

[행운-23/성장 한계치 영웅 이상]

[마력-10/성장 한계치 전설 이상]

[총평-전설급 이상의 스탯 한계치를 가지고 있습니다. 신체 능력은 전체적으로 낮지만 향후 마법사나 사제로서 폭발적인 성장을 할 수 있습니다. 현재 본인이 마력을 느낄 수 있다는 것을 인지하지 못한 상태입니다. 플레이어 이기영은 이 여자와 비교한다면 개미 발톱의 때 정도라고 해도 과언이 아니겠군요.]

'뭐야.'

숨을 헐떡거리며 달려오는 여자의 능력치는 실감이 나지 않을 정도로 높았다. 다른 건 차치하더라도 전설 등급 이상의 잠재 능력을 가진 인간은 처음 본다. 마력 스탯이 전무한 이쪽과는 다르게 이미 10이라는 수치를 보유하고 있다.

"세 마리랑은 싸워본 적 없는데."

분명 여자를 버리는 선택지도 그리고 있었지만 스탯을 확인한 순간 모든 선택지가 바뀌었다.

"싸운다."

"이길 수 있는 거요?"
"좁은 곳으로 갈 거야."
"무슨 말인지 알겠소."
둘러싸이는 것보다는 벽을 기대고 싸우는 것이 유리하다.
퇴로가 막힌다는 단점은 있지만 지지는 않을 거라고 생각했다.
창을 든 손에 힘이 들어간다.
여자도 이쪽을 발견했는지 최대한 빠르게 달려오는 중.
이쪽으로 오라는 듯 손짓하자 고개를 끄덕이는 걸로 봐서는 영 맹탕은 아닌 모양이다.
"코너에서 대기."
"아, 알겠소."
마침내 여자와 이쪽에 먼저 당도한 이후, 괴물들이 코너를 돌았을 때 박덕구가 방패를 크게 휘둘렀다.
"지금!"
"흐읍!"
잠깐 밀려난 듯했지만 다시 한번 박덕구를 향해 달려들려는 녀석 하나를 상대로 창을 내질렀다.
"형님!"
다른 한 녀석이 창을 붙잡는 순간 머릿속이 하얗게 변했지만, 박덕구가 휘두른 검에 한 놈이 그대로 허물어졌다.

문제는 덕분에 박덕구의 자세가 흐트러졌다는 것.

확실히 세 녀석은 만만치 않다.

방패를 잡고 웅크린 박덕구를 위해 할 수 있는 것은 창을 휘두르는 것뿐이었다. 입술을 다시금 꽉 깨무는 순간, 갑작스레 놈의 뒤쪽에서 푹 하고 튀어나오는 검을 볼 수 있었다.

"고, 고맙소."

"아닙니다."

누군가 이쪽을 도와준 것이다.

괴물이 쓰러진 이후에 그 뒤에서 모습을 보인 사람은 한 번 본 적이 있는 얼굴. 스타트 포인트에서 이쪽에게 도움을 준 남자였다.

조금은 절박해 보였던 얼굴이 기억에 남는다.

"뭐야……."

[플레이어 김현성의 상태창과 잠재 능력을 확인합니다.]

**[이름-김현성]**

[칭호-알타누스의 회귀자, 2회 차를 시작하는 검사, 이겨내지 못한 자, 희생을 등에 업은 자, 깨달은 자.]

[나이-22]

[성향-선의의 중재자]

[직업–검사–일반 등급]

**[능력치]**

[근력–19/성장 한계치 전설 이상]

[민첩–28/성장 한계치 전설 이상]

[체력–23/성장 한계치 전설 이상]

[지력–18/성장 한계치 영웅 이하]

[내구–22/성장 한계치 영웅 이하]

[행운–23/성장 한계치 영웅 이상]

[마력–11/성장 한계치 영웅 이상]

'이게 뭐야…….'

영문을 알 수 없는 상태창에 눈을 크게 뜰 수밖에 없었다.

'회귀라고? 시간 역행?'

녀석은 이번이 첫 번째가 아니다.

다시 한번 놈의 능력치를 천천히 읽어봤다.

잘못 본 것이 아니었다.

[총평–놀랍군요. 눈으로 보고 믿지 않으셔도 할 말은 없습니다. 근력과 민첩, 체력의 잠재력은 정확한 측정이 불가능합니다. 그 밖에도 다른 스탯 또한 놀라운 잠재 능력을 보이고 있습니다. 마법사

로서도 무서울 정도의 성장 가능성이 열려 있지만 근접 전사로서의 가능성이 더욱 큽니다. 이미 일반 등급의 직업을 얻었지만 더욱 크게 성장할 기회가 열려 있습니다. 플레이어 이기영 님에 비교한다면……. 아니, 비교하는 것 자체가 저분에게 죄송한 일입니다. 저분과 말을 섞을 수 있는 것만으로도 영광으로 아시길 바랍니다.]

'말도 안 돼.'

눈을 씻고 봐도 회귀자라는 칭호는 변함이 없다.

'시간 역행, 정말로 했다고?'

믿겨지지 않는 것이 당연하다.

괴물의 존재가 드러난 지금, 누군가 나를 대상으로 몰래카메라를 진행하고 있다고 해도 믿을 수 있을 것이다.

2회 차를 시작하는 검사.

당황스러워서 말이 나오지 않는다.

내가 가지고 있는 고유 능력, '마음의 눈'이 거짓말을 하는 것이 아니라면 눈앞에 있는 녀석은 이 상황을 이미 이전에 경험했다는 이야기가 된다.

그러고 보니 스타트 포인트 지점에서도 녀석은 겁에 질린 얼굴이 아니었다.

'제기랄…….'

괜스레 욕이 튀어나왔다.

본래 세상이 불공평하다는 것은 어느 정도 알고 있었지만 이런 곳에서까지 그런 기분을 느낄 줄은 예상하지 못했기 때문이다.

높은 스탯, 높은 잠재 능력치, 직업과 영웅 등급의 특성.

'특성 열람도 가능한가.'

생각을 떠올리자마자 곧바로 정보가 떠올랐다.

[특성–검술 전문가]

[검을 사용하는 모든 행동에 대해 가산점을 부여합니다. 검을 휘두르는 시간과 비례해 일정 비율로 공격력이 상승합니다.]

'좋다.'

공격력을 산출하는 공식은 알 수 없지만 수련 시간으로 확실한 결과를 얻을 수 있다는 건 정말 좋은 특성처럼 느껴졌다.

앞으로 어떤 특성을 보게 될지는 알 수 없지만 녀석이 가지고 있는 특성은 검사로서의 기반을 다지기에 아주 유리하다.

뭔가 불공평한 것 같은 느낌에 입술을 깨물었지만 녀석이 정말 시간을 역행해 이곳으로 돌아온 것이라고 한다면 녀석의 저 잘난 모든 것을 이해할 수 없는 것도 아니다.

"형씨는……."

"김현성이라고 합니다."

"박덕구요."

"이쪽은……."

"저쪽은 기영이 형님이요."

"전투가…… 처음이 아니시군요."

"뭐, 보시는 것처럼 그렇소. 가죽 갑옷도 형님이 만들어 줬고, 이제는 사냥도 조금은 익숙해졌지. 그렇게 많이 싸운 것은 아니지만 말이오. 형님이 먼저 창으로 괴물 새끼들 머리통을 박살 냈다오. 그걸 보고 조금 용기를 얻었지."

"그렇다고 하기에는 조금…… 익숙해 보이시더군요."

"뭐, 모든 게 다 형님 덕분이오. 그보다는 형씨가 더 익숙해 보이는데. 방금 한 번에 찔러 넣지 않았소?"

"운이 좋았습니다."

이쪽으로 녀석의 시선이 틀어박혔다.

박덕구의 말에 나를 바라보고 있는 것이다.

'쓸데없는 말을.'

아무렇지도 않은 척 연기하는 것이 쉽지가 않다.

머릿속으로는 별생각이 다 들었기 때문이다.

순간적으로 눈이 마주치자 왠지 놈이 나를 꿰뚫어 보는 듯한 느낌이 들었다. 발가벗겨진 듯한 기분이 썩 좋지만은 않다. 그보다는 묘한 느낌에 몸이 부르르 떨려왔다.

'살기, 마력?'

뭐가 뭔지 알 수 없으니 어느 쪽이든 상관없다. 뭔가 이상한 감각이다.

"뭘……."

'혹시 내가 상태창을 읽고 있다는 걸 알고 있나?'

무언가를 읽고 있는 것 같은 포즈다.

누가 봐도 부자연스러운 모습이다.

상태창에 나와 있는 녀석의 성향은 선이었다.

그러나 그저 무골호인이라는 법은 없다.

놈은 어떠한 목적을 위해서 과거로 돌아왔다. 가능성은 낮지만 이쪽이 적이라고 판단한 순간 검을 휘두를지도 모른다. 아니, 그전에 괜한 의심을 받는 것은 일단 사양이다.

때마침 박덕구가 조용히 웃으며 입을 열었다.

"형님, 거 상태창 좀 그만 쳐다봐도 되지 않겠소? 직업이라도 받은 거요?"

'나이스, 박덕구.'

"비슷해. 조금 있다 말해주마."

마음이 진정되지 않는다.

녀석과 곧바로 대화하기보다는 나는 일단 정하얀이라는 여자를 향해 발걸음을 옮겼다. 놀랐는지 숨을 거칠게 쉬던 그녀는 이윽고 나를 올려다보며 입을 열기 시작했다.

"감사합니다."

"아닙니다. 마침 저희도 생존자를 찾고 있던 와중이었습니다."

"아……."

"일어나시죠. 부축해 드리겠습니다."

"아, 아니요. 더 이상 폐를 끼칠 수는……."

그녀는 이미 한계다. 조용히 그녀에게 손을 뻗으니 그녀가 못 이기는 척 내 손을 맞잡았다. 이쪽을 바라보는 김현성의 시선 때문에 얼굴이 따갑다.

나는 녀석을 향해 조용히 입을 열었다.

"도와주셔서 감사합니다. 이기영이라고 합니다. 세 마리는 처음이었는데 ……이 아니었다면 큰일 날 뻔했습니다."

"김현성이라고 합니다. 그러고 보니 한 번 뵌 적 있군요."

"스타트 포인트에서도 도움을 받은 기억이 있습니다. 그때는 정말 감사했습니다."

"아, 그때."

"네. 그때는 도망치고 있었죠. 정신이 없어서……."

제대로 기억하지 못한다. 당시 상황을 떠올려 보면 기억하지 못하는 것도 무리는 아니다. 괜스레 내가 구해주지 못한 여자가 녀석들에게 뜯어 먹히는 장면이 떠올랐다.

고개를 한 번 흔든 뒤 아까의 말을 이었다.

"현성 씨는 혼자 다니시는 겁니까? 힘드실 텐데."

"일단은 그렇지만, 지금은 생존자를 모으고 있습니다. 함께 움직이는 이들도 있지요."

"네?"

"생존자를 모으고 있습니다. 마침 근처를 지나던 차에 비명이 들려서……. 일단은 함께 가시도록 하죠. 적당한 곳에 캠프를 마련해 두었습니다."

박덕구가 나를 조용히 바라보는 것이 보였다. 어떻게 하겠냐고 묻고 있는 것이다.

녀석도 자신의 말이 조금 실례라는 걸 깨달았는지 다시 입을 열었다.

"아, 제가 실례했군요. 같이 가시겠습니까?"

그제야 덕구 녀석이 고개를 끄덕였다.

하지만 조금은 고민해 볼 문제.

"인원은 몇이나 됩니까."

"약 30명 정도 될 겁니다."

"싸울 수 있는 인원은……."

"그리 많지는 않습니다. 만약 덕구 씨와 기영 씨가 들어와 준다면 지금보다는 상황이 나아지겠군요. 마음 같아서는 제발 와주셨으면 하는 심정입니다."

'걱정되는데.'

예상했던 대로다.

상태창에 있는 성향이 얼마나 들어맞는지는 알 수 없지만 선의의 중재자라는 녀석의 칭호는 거짓말을 하지 않는다.

'호구 같은 놈.'

좋은 말로 포장하자면 천사. 나쁜 말로 말하자면 호구다.

생존자 캠프에 있는 대부분이 할 수 있는 것이라곤 비명을 지르는 것뿐이라면 사태는 심각해진다.

아마 그곳에 있는 인원은 제대로 먹지도 못하는 것은 물론, 매번 공포에 떨면서 살고 있을 것이다.

인원이 많아진다고 유리해지는 것은 아니다.

인간이 다섯 명이나 모이면 한 명은 꼭 머저리가 있게 마련이다. 하물며 이런 상황에서 삼십 명이나 모인다면 문제는 더 커질 거라고 생각했다.

분명히 이런저런 이야기가 나온다.

불침번이나 갑작스러운 상황이 생겼을 때 대처할 힘은 생기겠지만 지킬 것이 많아진다면 오히려 더 혼란스러워진다.

그렇지만 고개를 끄덕일 수밖에 없는 것이 어쩔 수 없는 현실.

궁금한 것이 무척이나 많았기 때문이다.

회귀는 뭔지, 직업은 어떻게 구한 건지, 어떻게 남들과 다른 출발을 할 수 있었던 건지, 마력은 또 어떻게 사용하는 건지, 이 튜토리얼에 얽혀 있는 비밀은 뭔지.

김현성은 이곳의 공략법을 알고 있고 더 나아가서는 대륙에 대한 정보를 쥐고 있을 것이다.

죽이든 밥이든 일단은 따라가는 것이 맞다.

"그렇게 하도록 하겠습니다."

"잘 생각하셨습니다. 그럼 곧바로 출발하도록 하죠. 아마 놈들이 몰려올 겁니다."

"네."

"아, 이분은……."

"정하얀이라고 합니다. 그, 저……."

"아. 반갑습니다. 김현성이라고 합니다. 정하얀 씨."

대충은 서로 인사를 나눴다.

나는 정하얀을 부축한 채 천천히 녀석의 얼굴을 바라보기 시작했다.

나나 박덕구를 바라볼 때와는 표정이 조금 다르다. 놈의 시선이 정하얀에게 꽤나 오래 머물러 있었기 때문이다.

조금은 놀란 얼굴.

묘한 성취감이 김현성의 얼굴에 감돈다. 제대로 비유한 건지는 모르겠지만 사막에서 오아시스라도 발견한 것 같은 표정. 이산가족이라도 만난 것 느낌이다.

정하얀 역시 자신을 뚫어지게 쳐다보는 김현성의 시선을 인지했는지 경계심 가득한 눈빛을 보내는 중이었다.

그야 저 정도로 빤히 쳐다본다면 그 누구라도 경계할 것이다.

'찾고 있었나?'라는 생각을 해볼 정도였다. 아니, 어쩌면 정말로 찾고 있었던 사람일 가능성도 있다.

"몸은 좀 괜찮으십니까?"

"네. 문제없어요."

"혹시라도 불편한 점이 있으시다면 언제라도 말씀해 주시길 바랍니다."

"괜, 괜찮습니다. 저, 정말 괜찮아요."

잠시 조심스럽게 대화를 나누는 둘을 뒤로하고 생각에 잠기기 시작했다.

'가정해 보자.'

조금 우습지만 한번 가정해 보자.

만약 내가 다시 한번 똑같은 삶을 살게 되었다고 말이다.

녀석의 끝이 어땠는지는 모른다.

행복했을 수도 있고 불행했을 수도 있다. 그러나 본의로 다시 시작한 것이 아니라면 녀석은 이전 생에 미련을 가지고 있을 가능성이 크다.

'이겨내지 못한 자'

녀석의 칭호 중에 하나.

설사 본의가 아니라고 해도 마찬가지.

인간은 후회하는 동물이다. 당장 나만 하더라도 머릿속으로는 스타트 지점에서 봤던 여자를 구하면 어떻게 됐을까 하고 생각해 보게 된다.

만약 힘이 있었다면 그 여자를 데리고 박덕구와 함께 도망치는 선택지가 있었을지도 모른다.

내가 앞으로 일어날 미래를 전부 알고 있고, 앞으로 중요한 역할을 하는 인재들을 전부 알고 있다고 가정한다면 어떨까?

내 경우에는 후회하는 일들을 바꾸려고 노력할 것이다.

당연히 그뿐만이 아니다. 시작부터 이득을 취하기 위해 모든 것을 선점한다. 인재, 보물, 직업은 물론 앞으로 사용할 재화까지 말이다. 앞으로 마주치게 될 적이나 위협이 되는 이들 역시 사전에 제거한다.

'우습지만…….'

그런 의미에서 놈이 나와 박덕구를 보고 별다른 반응이 없는 것을 보면 적어도 나와 박덕구가 미래에 김현성의 앞을 막거나, 혹은 세상을 뒤흔들 악인이거나 그것도 아니라면 뭔가 중요한 역할을 맡을 캐릭터는 아니라는 이야기다.

그저 스쳐 지나가는 인원 중에 하나였음이 틀림없다.

"하얀 씨라고 불러도 될까요?"

"아…… 네. 감사합니다. 호, 호칭은 편하신 대로 하세요."

그러나 지금 나에게 얼굴을 붉히고 있는 이 여자는 다르다.

정하얀.

마법사, 혹은 사제로서 폭발적인 잠재 능력을 가지고 있는 여자.

내 특성 마음의 눈과 연관 지어 생각해 본다면 금방 눈치챌 수 있다.

'보물이구나.'

어디까지나 가정이다.

그러나 작은 정보를 종합해 결과를 추론해 보면 그럴듯한 결과를 얻을 수 있다.

이 민폐녀는 미래에 세계를 뒤흔든다.

뭘 하게 될지는 모르지만 무척이나 중요한 위치에 서게 된다.

단순한 망상일 수도 있다. 어쩌면 김현성의 은인일 수도 있고 살리지 못해 후회했던 동료였을지도 모른다. 나나 박덕구처럼 별일 못 하고 죽는 사람일 수도 있다.

그러나 비벼볼 만한 가치는 있다.

'이 여자.'

더 이상 민폐 덩어리가 아니다.

소중한 보물이 굴러들어왔다.

제 발로 말이다.

사실 정하얀뿐만이 아니다.

김현성 이 녀석도 마찬가지.

이유야 어찌 됐든 놈은 한 번 이 세계의 끝을 본 강자일 가능성이 높다. 앞으로 일어날 모든 일을 알고 있고 닥쳐올 미래를 바꾸고 이용하려고 하는 의지도 가지고 있다.

판타지 소설에서나 나왔던 표현을 빌리자면 녀석은 일종의 선택받은 용사인 셈이다.

좋은 관계를 유지하지 않을 이유가 없다.

'부러운 놈.'

녀석이 등에 짊어진 것이 부러운 게 아니다.

다만 놈이 앞으로 얻을 것이나 이용할 것들이 부럽다.

놈이 위로 올라가는 것은 이미 기정 사실. 이쪽이 얻을 수 있는 것은 최대한 얻어 놔야 한다고 생각했다.

"언제까지 가야 하는 거요. 거, 확실히 이 길이 맞는 거요?"

"네. 거의 다 왔습니다."

박덕구가 심드렁하게 중얼거렸고 녀석이 짧게 고개를 끄덕였다.

주변을 살피며 경계를 늦추지 않는 모습을 보니 묘하게 새롭다.

놈 역시 괴물들을 주의하고 있는 것이다.

확실히 지금 당장은 스탯이 그리 높지 않다.

특성이나 직업을 얻었다는 것 그리고 마력을 가지고 있다는 것을 생각해 본다면 남들보다 유리한 고지에 있기는 하지만 괴물들이 사방에서 덮쳐온다면 녀석 역시 할 수 있는 일이 없다.

'그래서 지켜내지 못했던 거겠지.'

만약 그것이 가능했다면 스타트 포인트에서 사망자가 나오지 않았을 것이다.

“그건 그렇고 생각보다 많이 살아 있는 것 같소. 대부분이 죽었을 거라고 생각했는데…….”

“사실 조금 더 구해낼 수 있었을 겁니다. 저도 처음에는 경황이 없어서 괴물들을 자세히 마주하지 못했죠. 싸울 수 있는 사람이 조금 더 있었더라면…….”

“뭐, 나도 그건 같소. 당장 꽁무니 빠지게 도망치는 게 전부였으니. 아마 형님이 없었으면 진즉에 죽었을 거요. 30명이 모두 그때 있었던 사람들이오?”

“아, 사실 그렇지는 않습니다. 아무래도 다른 지점에서도 포인트가 있었던 것 같더군요. 저희가 있었던 곳에서는 조금 멀리 떨어진 곳이었지만.”

“끄응. 이곳에 온 사람이 우리뿐만이 아니군.”

“네. 아마 수색 범위를 넓히면 좋은 소식이 들려올 겁니다. 수색대가 다른 사람들의 흔적도 조금씩 찾고 있으니까요.”

도대체 뭐가 좋은 소식이라는 건지 알 수가 없다.

“다른 생존자들을 더 찾을 생각이요?”

“여건이 된다면 당연히 그래야 한다고 생각합니다.”

눈은 진심을 말하고 있다.

성향에 붙어 있는 ‘선’이라는 글자는 그저 폼이 아닌 모양.

자세한 사정은 알 길이 없지만 모두를 구해내겠다느니 함께 살아남겠다느니 하는 생각을 하고 있는 것 같아 머리가 아파졌다.

'이 새끼…….'

왠지 모르게 생존자 캠프가 어떤 식으로 굴러가고 있을지 눈에 보인다.

"조금 표정이 안 좋으시네요. 여, 역시 불편하신가요?"

내 표정이 조금 안 좋아 보였는지 정하얀이 눈치를 보며 입을 열었다.

"아, 그런 것이 아닙니다. 잠깐 생각할 게 있었던 터라."

"부, 불편하시면 역시."

"괜찮습니다."

"아…… 저, 그……."

"네?"

"조, 조금 늦었지만 구해주신 거…… 감사드려요."

감사의 인사에는 살짝 미소를 보냈다.

이 여자를 부축하는 게 조금 불편하기는 하지만 문제되진 않는다. 아주 약간이라도 점수를 따놓을 수 있는 부분에서 따놔야 한다고 생각했기 때문이다.

정하얀의 얼굴은 묘하게 붉어져 있었다. 아무래도 이성 간의 접촉에 익숙하지는 않은 모양이다. 너무 가까이 몸을 붙이기보다는 어느 정도 거리를 유지하는 것이 경계심을 허무는 것에 도움이 된다.

최대한 사람 좋은 미소를 유지하자 그제야 나쁘지 않다는 듯 내게 의지해 오는 정하얀을 바라볼 수 있었다.

조금 더 길을 걸어가자 꽤나 널따란 공간이 나왔다.

'나쁘지 않네.'

꽤나 괜찮은 공간이다.

들어올 수 있는 입구가 하나라는 것도 나쁘지 않다.

입구로 들어오는 괴물을 막을 수 있는 방책이 어느 정도 마련되어 있는 것 같았고 바깥에서는 안이 보이지 않는다.

"놀랍군. 여기는 어떻게 찾은 거요?"

'이미 알고 있었겠지.'

"우연히 발견했습니다. 생존자들과 적당한 곳을 찾던 와중에 발견한 장소죠."

"정말 운이 좋구먼."

아마 이전 생에 이 장소를 사용한 적이 있었을 것이다.

사방이 뚫려 한꺼번에 괴물들이 들어올 수 있었던 스타트 포인트와는 다르다. 조금 조잡하긴 해도 이런 환경에서는 견고한 성이나 다름없다.

스타트 포인트와 무척이나 떨어진 이 지점을 우연히 발견했다는 것은 가능성이 희박하다.

조금이지만 녀석이 정말로 시간을 되돌아 왔다는 확신이

서기 시작했다.

"거 대단해 보이는군. 그렇지 않소? 형님?"

작게 고개를 끄덕였다.

"이 정도라면 놈들이 백 마리가 넘게 달려들어도 막아낼 수 있을 것 같소."

"그렇지는 않을 거다."

"조, 조금 오바하긴 했소."

인원만 충분하다면 어쩌면 막아낼 수도 있다. 그러나 퇴로가 없다는 것은 약점이기도 하다. 만약 이곳에 정말로 감당하기 힘든 숫자의 괴물들이 침입한다면 무조건 몰살이다. 운이 좋은 몇몇을 제외하고는 전부 죽을 거다.

나는 김현성을 바라보며 천천히 입을 열었다.

"사방이 막혀 있군요. 입구로 많은 숫자의 괴물들이 들어온다면……."

"그래서 최대한 조심스럽게 행동하고 있습니다. 주변에 모이는 괴물들도 착실하게 처리해 주고 있고요."

"정기적으로 사냥이라도 나가는 겁니까?"

"네. 일단은 다른 단서를 찾을 때까지는."

그 사냥은 누가 하는 것인지 무척이나 궁금해진다.

천천히 입구로 다가가자 우리를 마중 나오는 여자를 바라볼 수 있었다. 조금은 작은 키에 전체적으로 애교가 많은 인상이다.

“현성 오빠, 다녀오셨어요? 아! 새로운 분들도 오셨군요.”

검과 방패를 들고 성큼성큼 걸어오는 거대한 덩치에 박덕구를 보고 조금 움찔하기는 했지만 미소를 잃지 않으며 이쪽에 웃음 섞인 말을 건네는 것은 조금 놀라웠다.

‘살갑네.’

친화력이 좋은 모양.

“지혜 씨.”

“조금 늦으시는 것 같아서 걱정했어요.”

[플레이어 이지혜의 상태창과 잠재 능력을 확인합니다.]

**[이름–이지혜]**

[칭호–없습니다. 조금 더 노력하셔야겠네요.]

[나이–29]

[성향–이기적인 야망가]

[직업–백수입니다.]

**[능력치]**

[근력–05/성장 한계치 일반 이하]

[민첩–09/성장 한계치 일반 이하]

[체력–09/성장 한계치 일반 이하]

[지력–18/성장 한계치 희귀 이상]

[내구–08/성장 한계치 일반 이하]

[행운–12/성장 한계치 일반 이하]

[마력–00/성장 한계치 일반 이하]

'쓰레기.'

나보다 더 절망적인 쓰레기의 등장에 나도 모르게 속으로 중얼거렸다.

[총평–축하합니다, 플레이어 이기영. 드디어 영혼의 단짝을 만나셨군요. 플레이어 이기영과 아주 잘 어울리는 한 쌍이 될 가능성이 있습니다. 낮은 스탯은 물론, 잠재 능력도 형편없습니다. 검이나 지팡이를 드는 것을 추천하지 않습니다. 자신의 형편없는 재능에 감탄해 목숨을 끊는 용도로는 또 이야기가 다르겠지만요. 둘이 이어지는 것은 바라지 않겠습니다. 앞으로 태어날 2세가 너무나도 불쌍하니까요.]

목 밖으로 튀어나오려는 욕설을 애써 집어넣었다. 상태창에 떠오른 메시지가 나를 도발하는 것 같았기 때문이다.

상태창을 서둘러 꺼버리고 여자의 정보를 머릿속으로 떠올렸다. 형편없는 재능 수치, 형편없는 스탯보다 더욱 눈에 띄는 것은 그녀의 성향이다.

'이기적인 야망가.'

어쩌면 나와 비슷한 타입이라고 할 수 있으리라.

안에 있는 다른 이들과는 다르게 김현성을 마중 나온 이 행동도 다분히 남의 시선을 의식한 행동. 살아남기 위해 김현성에게 비비는 것을 선택한 것이다.

"헤헤. 혹시 성함을 들을 수 있을까요?"

"박덕구요."

"이기영입니다."

"저, 정하얀입니다. 잘 부탁드립니다."

"네. 다들 반가워요. 그럼 일단은 쉴 곳을 안내해 드리도록 할게요. 괜찮죠? 현성 오빠?"

"물론입니다. 부탁드립니다, 지혜 씨."

"네. 맡겨만 주세요, 현성 오빠."

주먹을 꽉 쥐는 모습이 얼핏 귀여워 보이지만 그녀의 성향을 떠올려 보자 달갑지만은 않다.

나와 정하얀, 박덕구를 위아래로 스캔하는 것을 보면 우리가 어쩌다 합류한 것인지 계산하고 있는 것 같았다.

거대한 덩치를 가지고 검과 방패를 들고 있는 박덕구의 경우에는 일단은 합격점. 다리를 절뚝거리는 정하얀과 그런 그녀를 부축하는 비실한 나는 낙제점인 모양이다.

대놓고 박덕구 쪽으로 달라붙으며 입을 조잘거리는 꼴이 우습다.

"혹시 괴물들을 만나셨나요?"

"만난 것뿐만이 아니요. 벌써 몇 놈을 잡았지."

"어머. 무섭지는 않으셨어요?"

살짝 놀라는 것 같은 표정은 작위적.

"물론 무섭기는 했지만…… 큼. 사실 형님이 아니었으면 큰 일 났을 거요."

박덕구가 쓸데없는 말을 내뱉는 순간, 이지혜의 시선이 다시 이쪽으로 돌아왔다. 동족이라서 그런지 모르겠으나 지금 그녀가 무슨 짓을 하고 있는지 알 수 있다.

나에 대한 자체 평가를 수정하고 있는 것이다.

어중이떠중이 정도에서 박덕구의 형님 정도로 내부 평가가 올라갔으리라.

"아아. 기영 씨도 함께 싸우셨군요."

"함께 싸우다마다! 형님이 창을 한 번 내지를 때마다 괴물 새끼들 서넛이 우수수 나가떨어진다오."

'닥쳐, 이 돼지야.'

박덕구의 입을 틀어막고 싶다.

녀석에게 조금 인상적인 모습을 보여줬다고 생각하지만 나에 대한 호감도가 지나치다. 적어도 뒤통수를 맞을 걱정은 없어 다행이지만 저런 행동들은 당황스럽다.

"아, 그렇군요. 정말로 다행이네요. 쉼터가 조금 더 안전해지겠군요."

조금은 기대하는 듯한 말투.

그러나 별로 기분이 좋지만은 않았다. 안으로 들어오는 우리를 바라보고 있는 생존자들의 눈빛을 읽었기 때문이다.

특성 마음의 눈을 발동시켜 인원들을 모두 체크하고는 있지만 특별한 이들은 시야에 들어오지 않는다.

다만 녀석들이 보내오는 시선이 어떤 것인지는 충분히 눈치챌 수 있었다.

'안도.'

녀석들 모두 안도하고 있다. 창을 들고, 검과 방패를 들고 온 우리의 모습에 안도의 한숨을 쉬고 있다.

"허……."

뭔가 대충 이럴 거라고 예상했지만 눈으로 직접 확인해 보니 한숨이 나온다.

김현성이 만든 이곳은 무척이나 안전한 곳이다.

우리가 아닌 저들에게 말이다.

나는 자선사업가가 아니다.

오히려 그 반대라고 할 수 있는 인간이다. 지금 내 앞에 서서 실실 웃고 있는 이지혜와 비슷한 종류 말이다.

창과 검을 들고 마치 역전의 용사처럼 이곳에 합류한 것이 반가운지 몇몇 놈이 이쪽을 바라보며 고개를 끄덕였다.

'이건 아닌데…….'

이대로 가다간 내가 고기방패가 되게 생겼다.

"거창하게 안내라고 말했지만 사실 안내라고 할 곳도 없네요. 여자들이 생활하는 공간과 남자들이 생활하는 공간이 분리되어 있는 것 빼고는 뭐가 없으니까요."

"뭐, 이 정도면 감지덕지요."

"그렇게 말씀해 주시니 괜히 감사하네요. 조금은 걱정했는데."

"걱정할 필요가 뭐가 있소. 초대해 준 것만으로도 고마운데."

"친절하시네요. 헤헤. 덕구 오빠라고 불러도 되나요?"

"뭐, 마음대로."

"듬직하네요."

순진한 박덕구는 이미 이지혜에게 반쯤 낚였다. 자신보다 6살이나 많은 여자한테 오빠라고 불리는 게 기분이 좋은 모양이다.

"기영 씨도 괜찮으신가요?"

"호칭은 상관없으니 편하게 부르시면 됩니다."

정하얀에게는 눈길을 잘 안 주는 모습도 눈에 띈다.

“그럼 기영 오빠라고 부를게요. 헤헤. 아! 하얀 씨는 이쪽으로 오세요. 생활하는 데 따로 규칙은 없지만 이곳의 자세한 사정은 현성 오빠가 설명해 주실 거예요. 하얀 씨에게는 제가 몇 가지 가르쳐 드리도록 할게요. 오늘은 푹 쉬세요.”

“아…… 네! 기, 기영 씨, 그럼 잠시 후에 뵐게요. 여기까지 감사했습니다.”

“네. 잠시 후에 뵙도록 하죠.”

“네!”

정하얀은 고개를 숙이고 인사한 뒤에 이지혜와 함께 여자들 속으로 들어가 버렸다. 여러 가지 규칙 같은 것들을 전달받는 와중이겠지만 솔직히 저들의 일에는 관심 없다.

관심이 가는 일은 앞으로 어떻게 행동해야 하는가.

“형님, 여기는 조금 살 만해 보이는 것 같지 않소?”

“그렇기는 한데…….”

“뭐 문제라도 있는 거요?”

“큰 문제는 아니다. 단지.”

“단지?”

“아무것도 아니다.”

“거참 싱겁구먼…….”

이 안전한 쉼터를 지킬 고기방패가 될 생각에 조금 인상을 찌푸렸지만 조금 생각을 바꿔보면 나쁜 거래는 아니다.

'얻을 것만 얻으면 돼.'

이곳에서 얻을 수 있는 것들은 무궁무진하다.

김현성과 함께하는 안전한 사냥, 사냥을 통한 직업 획득, 정하얀을 이쪽으로 끌어오는 것.

아마 그 과정에서 몇 가지 문제가 생기겠지만 당연히 이쪽이 알 바는 아니다.

역시나 다음 날 아침부터 김현성이 나와 박덕구를 불러왔다.

"푹 주무셨습니까."

"덕분에 푹 잘 수 있었소."

박덕구가 김현성의 말에 짧게 호응했다.

덕구와 둘만 있었을 때는 제대로 잠도 못 잤다. 녀석과 내가 끊어서 쪽잠을 자던 것에 비교하자면 훌륭한 휴식 시간이었다.

오늘 녀석이 무슨 이야기를 할 건지는 대충 예상하고 있다. 녀석이 조금은 뜸을 들이고 있기에 나는 먼저 선수를 쳐 입을 열었다.

"싸울 수 있는 사람이 많이 보이지 않더군요. 대부분이 여자가 아니면 부상자. 그것도 아니면 싸울 의지가 아예 없는 사람뿐입니다."

"네. 부끄럽지만 그렇습니다."

"이곳이 어떻게 유지되고 있는 겁니까?"

다소 단도직입적으로 입을 열었다. 정말로 궁금한 부분이었기 때문이다.

김현성은 잠깐 뜸을 들인 뒤 천천히 입을 열기 시작했다.

"사실은 그리 사정이 좋지만은 않습니다."

예상하고 있던 바다.

나는 턱을 만지작거리며 놈의 말을 이었다.

"식료품과 식수가 없다는 것. 싸울 수 있는 인원이 없다는 것. 그럼에도 불구하고 30명이나 되는 사람을 돌봐야 한다는 것이겠지요. 어쩌면 그 이상이 될 수도 있고요. 앞으로는 점점 늘어나겠군요."

"……."

"현성 씨가 사전에 챙겼던 식료품이나 식수 같은 것들로 지금까지 어떻게든 버티고 있었지만 미리 긁어모은 자원은 생각보다 더 빨리 떨어졌고, 다시 대책을 찾을 때가 됐다. 이거 아닙니까? 이곳저곳에 퍼져 있는 스타트 포인트에 있는 자원을 가져오는 것은 지금으로서는 무리. 지금 당장은 이 앞에 있는 괴물을 정리하기에도 벅찬 상황이고 그럼에도 불구하고 싸울 수 없는 짐은 늘어나고 있는 것이겠지요."

"그들은 짐이 아닙니다."

"이후에는 짐이 아니게 될지도 모르지만 지금은 짐입니다."

김현성은 내 말에 아무런 대꾸도 하지 않았다. 아마 어느 정도는 인정하고 있을지도 모른다.

"솔직히 말한다면 지금 상황으로 비추어 볼 때, 차라리 이곳을 나가는 것도 나쁘지 않은 선택지로 보입니다."

"나갈 거요? 형님?"

박덕구의 말에 고개를 저으며 입을 열었다.

"그건 아니다. 그러나 우리가 이곳에서 버텨 봤자 득이 될 게 없다는 소리다."

"아아……."

"현성 씨, 저와 이 친구는 그렇게 대단한 사람이라고 할 수 없습니다. 이 친구는 도움이 될지도 모르겠지만 저는 아닐 수도 있습니다. 사실 저는 창을 잡고 서 있는 게 고작이지요."

"……."

"그래도 함께 싸우고 힘이 되어드릴 수 있습니다. 물론 이 친구도 마찬가지고 말입니다."

"감사합니다."

아무렇지도 않은 척하기는 했지만 꽤나 힘이 들었을 것이다. 외적, 내적으로 피로가 쌓인 것은 물론 이미 한계에 임박했을 수도 있다.

나와 박덕구의 등장이 모르긴 몰라도 무척이나 반가웠을 것이다.

"저는 자원봉사자가 아닙니다."

"아……."

"현성 씨가 무슨 생각을 하는지는 대충 알 것 같습니다. 아마 모두 함께 생존하여 돌아가고 싶으신 거겠지요. 저 역시 현성 씨의 뜻에 공감합니다. 그렇지만 저는 현성 씨와는 다릅니다. 남을 위해 희생하는 성격은 못 되고 모두 함께 간다는 생각은 별로 하고 있지 않지요. 조금 이기적이라고 하셔도 할 말은 없습니다만……."

"아니요. 이해할 수 있습니다. 당연히 원하시는 것이 있으시겠지요."

생각보다 말이 잘 통한다. 정의가 아니라며 칼을 뽑아 들까봐 무서웠었는데 이런 식으로 나와주니 꽤나 고마웠다.

"그렇다면 말씀 드리겠습니다. 첫 번째는 앞으로 발견될 자원의 일부에 대한 소유권."

녀석은 살짝 고개를 끄덕였다. 아마 이 정도는 별로 상관없다고 생각하고 있을 것이다.

"그리고."

"……."

"앞으로 있을 현성 씨의 계획에 저희도 참가하고 싶군요."

김현성의 표정이 조금 굳어졌다. 잠깐 굳어진 이후에는 묘한 얼굴로 이쪽을 바라본다. 조금은 놀랐다는 표정이다. 그렇지만 그 표정의 마지막에는 점차 희미한 미소가 서리기 시작했다.

"알고 계셨군요."

“스타트 포인트에서 이상한 여자는 분명히 두 가지 선택지를 내려줬습니다. 공략 그리고 생존. 두 번째 선택지는 불가능하다는 것이 개인적인 생각입니다. 아니, 몇 사람이 많은 자원을 독점하고 있다면 가능할 수도 있겠지요. 그러나 정확히 언제까지 생존해야 하는지, 얼마나 살아 있어야 하는지에 대해서는 들은 기억이 없군요.”

“…….”

“목표를 두 번째로 잡아야 되는 상황이라면 생존자를 긁어모으는 건 결코 바람직한 선택이 아닙니다. 괴물한테 잡아먹히지 않아도 어차피 굶어 죽을 테니까요. 누구나 할 수 있는 추론입니다.”

녀석이 회귀자라는 것을 알았기 때문에 할 수 있는 추론을 끼워 맞춘 것에 불과하다.

그러나 녀석은 무척이나 작은 조각을 끼워 맞춰 스토리를 만들어내는 내 뇌내망상에 조금 탄복한 모양.

오히려 이쪽으로 고개를 살짝 숙이는 모습이 시야에 들어왔다.

망상이 들어맞은 것이다.

“그럼 잘 부탁드립니다.”

“이쪽이야말로.”

나는 김현성의 손을 붙잡았다. 그의 눈에서 기이한 신뢰가 보인다.

내가 강하지 않다는 것 정도는 알고 있을 것이다. 그러나 김현성의 머릿속에서 나는 쓸모 있는 인재로 비쳐졌을지도 모른다. 예를 들면, 책사나 행정가 같은 종류의 인간으로 말이다.

"형님!"

"알고 있다."

김현성이 합류한 이후로는 사냥이 조금 더 심플해졌다. 뿐만이 아니다. 내 특성, 마음의 눈으로 보고 있는 상태창에 대한 믿음도 더 확고해졌다.

"덕구야!"

"제가 갑니다."

확실히 녀석은 칼을 쓰는 데 익숙해 보였다.

자신이 이 정도의 실력을 가지고 있다는 걸 숨기고 싶은지 간혹 의도적으로 실수를 하기는 하지만 나나 박덕구가 위험에 몰렸을 때 보여주는 반응은 검을 처음 접한 사람이라고 보기에는 힘들었다.

'좋아.'

박덕구가 몇 마리의 괴물들을 붙잡고 있는 사이에 나와 김현성이 눈에 보이는 괴물들을 해결한다. 소리에 민감한 놈들을 향해 방패를 검으로 두드리고 어그로가 끌린 사이에 빠르게 정리하는 방법이다.

아직도 적응이 되지 않았는지 창끝이 떨린다.

박덕구에게 달려드는 녀석을 향해 창을 찔러 넣으니 녀석이 창에 박히며 나가떨어졌다.

그사이 박덕구는 방패로 놈을 내려찍는다.

"흐읍!"

"몇 마리 더 오고 있는 것 같습니다. 제가 잠깐 막고 있도록 하죠. 그사이에……."

"알겠습니다. 덕구야, 식량 챙겨라."

"이미 챙기고 있소, 형님. 근데 저 자식은 뭐 지구에 있을 때 검도라도 한 거요?"

"나도 몰라. 아마 비슷한 운동을 하지 않았나 싶다. 아니면 이미 직업을 구한 영향일 수도 있고."

"거, 살벌하게 싸우는구먼."

높은 민첩 수치를 활용해 피하고 벤다.

간단해 보이지만 결코 간단하지 않은 것을 해내고 있는 것이다.

김현성이 이미 저만치 앞서 나가고 있다는 것은 박덕구 역시 알고 있다. 김현성이 직접 자신은 직업을 가지고 있다고 밝

혔기 때문이다.

그 이후로 박덕구는 조금 초조해 보였다.

직업이 열리기를 오매불망 기다리는 상황에 스트레스를 느끼는 것이다.

"흐읍!"

이쪽이 결국 남은 한 마리를 죽였을 때, 박덕구가 조용히 고개를 끄덕였다.

무척이나 깜짝 놀란 듯한 얼굴이었다.

"거, 이쪽 스타트 포인트는 생각보다 괴물들이 없는 것 같소."

"아마 근처를 정리하고 있을 거다."

"김현성이 말이요?"

"그렇겠지. 식량은 많네. 생존자는 없는 것 같지만. 아니, 생존자가 있으면 식량이 남아 있을 리가 없지."

"거 진짜로 세 명이서 스타트 포인트에 있는 식량을 구해올 수 있을 거라고는 생각도 못 했소."

"네 도움이 컸다."

"사실 내가 한 게 뭐가 있겠소. 다 저 양반 작품이지."

"그렇지는 않다. 네가 없었다면 이곳까지 오는 것도 힘들었을 거야."

단순히 위로해 주기 위한 말이 아니다.

박덕구 덕분에 여기까지 올 수 있었다는 건 엄연한 사실이다. 김현성이 아무리 날고 긴다고 하지만 사방에서 덮쳐오는 괴물 새끼들을 전부 몰아내기에는 무리가 있다.

아직은 녀석도 성장하는 도중.

앞을 든든하게 막아주는 전위가 있다는 사실이 녀석의 부담을 한층 감해줬을 것이다.

혹시라도 오른 스탯이 있나 상태창을 점검하던 때였다.

“어? 형님.”

깜짝 놀란 박덕구의 목소리. 동시에 이쪽의 시야에서도 뭔가 나타나기 시작했다.

[몇 가지 직업이 개방되었습니다. 필요하다고 생각되는 직업을 선택해 주세요.]

‘좋다.’

생각보다 빠르다. 김현성과 함께 주변을 빠르게 정리하고자 했던 이유가 이것이다.

[개방된 직업을 열람합니다.]

[전사-일반 등급]

[궁수-일반 등급]

[마법사–일반 등급]

[지휘관–희귀 등급]

굉장히 끌리는 직업 하나가 시야에 들어왔다.

'지휘관?'

다른 글자들이 하얀색인 것과 다르게, 지휘관은 파란색으로 떠 있다. 등급이 '희귀'라서 그런지 더 눈에 들어온다. 일단은 모든 직업에 대한 설명을 읽는 것이 우선이다.

**[전사–일반 등급]**

–전사는 파티에서 꼭 필요한 존재입니다. 효율이 좋다고는 할 수 없지만 검과 방패, 혹은 창이나 도끼 어떤 무기든지 쉽게 적응할 수 있습니다. 이후에는 야만전사나 기사, 성기사, 기병, 용병 같은 근접 직업으로 전직할 수 있습니다. 내구력과 체력, 근력이 각각 1씩 올라갑니다.

**[궁수–일반 등급]**

–원거리 공격이 가능한 궁수입니다. 활과 화살에 대한 기본적인 지식을 습득합니다. 이후에 도둑, 암살자 같은 근접 직업으로 전직할 수 있는 것은 물론, 궁수의 상위 직업인 정령궁수, 마력궁수로 성장할 가능성도 열려 있습니다. 민첩이 3 올라갑니다.

**[마법사-일반 등급]**

-마법을 사용하는 원거리 직업입니다. 마법에 관한 기본적인 지식을 습득합니다. 이후에 흑마법사, 연금술사, 소환사 같은 직업으로 전직할 수 있습니다. 마력이 3 올라갑니다.

셋 다 나쁘지는 않다.

전사는 내가 올리긴 힘든 스탯인 내구, 체력, 근력을 올려주고 궁수는 활과 화살에 대한 기본적인 지식을 습득할 수 있는 모양이다. 위험에서 벗어난 장소에서 꿀이나 빨고 싶은 나에게는 무척이나 괜찮은 직업이다.

마법사 역시 그런 점에서는 마찬가지다. 더군다나 내게는 완전히 동떨어진, 마력 능력치를 올려준다는 사실이 꽤나 매력적이다.

그러나 가장 궁금했던 것은 지휘관이라는 희귀 직업.

**[지휘관-희귀 등급]**

-전투 능력이 거의 없는 직업입니다. 전투에 일선에 서기보다는 한발 뒤에서 상황을 파악하고 오더를 내리는 직업입니다. 시야가 조금 더 넓어집니다. 이후에 어떤 직업으로 전직할 수 있는지에 대해서는 알려진 바 없습니다. 지력이 1 올라갑니다.

사실, 설명을 읽기 전까지는 지휘관으로 마음이 기울었었다. 그러나 모든 설명을 읽고 나니 정말로 머리가 아파온다.

지휘관의 능력 자체는 나쁘지 않지만.

'시야가 넓어진다는 건 도대체 무슨 뜻이야?'

그리고 겨우 올려주는 지력 수치가 겨우 1이다.

다른 두 직업이 스탯을 3이나 올려준다고 생각해 보면 무려 스탯을 2나 손해 보는 상황.

그것뿐만이 아니다.

'이후에…….'

이후에 어떻게 해야 할지에 대해서 언급된 바가 없다는 것이 불안했다. 그러고 보니 김현성이 가지고 있는 직업 또한 일반 직업, 검사.

놈이라면 희귀 직업, 혹은 그에 준하는 영웅 직업을 얻을 수도 있었을 것이다.

그렇지만 특성으로 검술 전문가를 가지고 있는 만큼 일단은 검사를 지향하는 모양. 지금 당장의 효율보다는 자신이 이미 알고 있는 길, 알고 있는 루트를 밟으려고 하는 것이 틀림없다.

조금 고민하고 있는 사이에 김현성이 이쪽으로 다가오고 있는 것이 보였다.

"직업이라도 열리셨나 보군요."

"그렇습니다."

녀석처럼 무슨 직업이 괜찮은지 알 수 있다면 수월하겠다만, 첫 선택이 앞으로의 모든 것을 결정하는 만큼 고민이 될 수밖에 없었다.

뭔가 티 안 나게 조언이라도 받으면 어떨까 생각하던 찰나, 박덕구 녀석이 입을 열었다.

"형님, 이거……."

"왜?"

"조금 고민이 되오. 일반 등급으로는 전사, 사제. 희귀 등급으로는 방패병이 떴는데 어떤 게 좋은 건지 모르겠소."

"사제?"

"뭐, 이후에는 성전사 같은 걸로 전직할 수 있다는 모양인데, 전사는 광전사 같은 걸로 전직할 수 있는 걸로 보이고……. 일단은 희귀가 괜찮은 것 아니오?"

박덕구의 잠재 능력이 체력이나 혹은 내구 쪽으로 집중되어 있는 것을 생각해 본다면 방패병이 나쁜 선택은 아닐 것이다.

"방패병은……."

"뭐, 방어 능력에 특화된 직업이라고 적혀 있소. 방패를 들 때 뭔가 이점이 있다고 설명하는데 이후에 직업에 대해서는 잘 나와 있지 않은 게 문제요. 아, 그리고 근력이 2 떨어진다고 하는데 내구랑 체력은 3씩 올라간다고 합디다."

"나쁘지 않은 것으로 보입니다."

김현성이 나섰다. 이쪽이 먼저 청하지 않아도 티 안 나게 도움을 주려는 것이다.

"내구 능력치도 높으신 것 같고, 근력이 내려간다면 페널티는 있지만 내구가 3이나 올라간다는 건 확실히 놀랍군요. 근력이 내려간다 하더라도 4포인트를 얻는 셈이니까요."

'그런가.'

만약 이게 온라인 게임이라고 한다면 앞에서 싸우는 전사, 탱커의 존재는 필수 불가결이다.

녀석의 반응을 본다면 이곳의 시스템도 별반 다르지 않은 모양.

사제뿐만이 아니라 탱커도 귀하게 취급받는 것 같았다.

"으음……. 역시 그런가."

"혹시 특성은 아직 열리지 않았는지요."

"특성은 아직 없소."

"저 같은 경우에는 일반 직업으로 검사를, 특성으로는 공격력을 올려주는 특성을 가지고 있습니다. 근력을 올려주는 전사를 선택하고 싶기는 했지만 민첩을 대폭 올려주는 검사를 선택하는 게 더 나은 선택지라고 여겼죠. 우연치 않게 특성이 열린 지금은 그때 했던 선택이 옳았다고 생각합니다."

"아."

은근슬쩍 자신의 의견을 피력하는 녀석.

단순히 직업만 중요한 것이 아니다. 스탯의 밸런스와 특성의 존재 여부 그리고 그 특성이 어떤 능력을 가졌는지를 잘 판단해야 한다. 이 삼박자가 맞아떨어졌을 때가 가장 효율이 좋을 거라고 대충 유추할 수 있었다.

강하게 주장하지는 않았지만 김현성은 박덕구가 희귀 직업 방패병을 선택했으면 하는 분위기.

"형님 생각은 어떻소?"

"나도 비슷한 생각이다. 이후에 네가 공격력을 올려주는 특성이 생길지, 않을지는 알 수 없지만 일단 부족한 공격력은 현성 씨가 메울 수도 있고, 당장을 생각해 본다면 스탯을 4나 올려준다는 건 확실히 나쁘지 않을지도 모르지. 그래도 선택은 네 몫이다."

"으음."

"사제는……."

"최악."

사제는 최악이다.

이후에 성전사 같은 직업으로 전직할 수 있다고 한들, 사제를 생각하는 것은 아니라고 느껴졌다. 박덕구의 마력 재능이 그리 높지 않은 탓이다.

이윽고 조금의 시간이 지난 이후, 잠깐이지만 박덕구의 몸이 잠깐 파란색으로 빛나는 느낌이 들었다.

전직에 성공한 것이다.

"선택했어?"

"역시 방패병이 가장 적절한 것 같소."

"그래?"

"형님이야 뭐, 알아서 잘하시겠지만 형님을 더 잘 지켜줄 수 있을 것 같고, 공격력이야 다른 사람들한테 맡기는 것도 나쁘지 않고. 뭐, 이후에 마법사라는 게 생기면 빵빵 터뜨릴 수도 있는 거 아니요? 가장 앞에 선다는 건 조금 무섭지만 할 수 있을 것 같소."

"잘 선택했다."

김현성도 고개를 끄덕였다.

"실례가 되지 않는다면 기영 씨도 뭘 선택했는지 물어도 되겠습니까?"

잠깐 뜸을 들이려다 그냥 입을 열었다.

"아직 선택하지 않았습니다. 일단은 일반 등급으로는 전사와 궁수 그리고 마법사. 희귀 등급으로는 지휘관이 선택지 목록에 떠 있는 것 같군요."

"지휘관……."

잠깐 멈칫 하는 녀석의 얼굴이 보였다.

'함정 카드인가.'

자연스럽게 지휘관이라는 카드가 함정이라고 생각할 수밖

에 없었다.

"으음. 그렇군요."

"크. 형님. 지휘관! 지휘관 왠지 모르게 형님과 딱 어울리는 것 같소!"

"그, 그래?"

"말은 안 했지만 형님이 완전히 지휘관 스타일 아니요? 멋지게 뒤에서 손 흔드는 걸 상상만 해도 크으. 거, 형님이 지휘하면 반드시 승리하게 될 거요."

박덕구는 지휘관이라는 단어에 지나치게 흥분한 것 같았지만 사실 내가 지휘관 스타일이라고는 할 수 없다.

이유는.

'병법 따위 모르니까.'

병법서 같은 건 읽어본 적도 없다.

바둑이나 체스 같은 것을 잘 두는 것도 아니고 그렇다고 해서 머리가 남들보다 특출하게 뛰어난 것도 아니다.

누군가를 지휘한 경험이라고 해봤자 이제는 이름도 기억이 안 나는 온라인 게임에서 공대장을 몇 번 해본 게 전부.

사실 내 캐릭터는 지휘관이라기보다는 사기꾼에 조금 더 가깝다. 차라리 도둑 같은 직업을 해보는 것도 나쁘지 않겠다고 생각할 정도였다.

"명령만 내려주십쇼, 형님!"

'이 자식은…….'

귀엽기는 하다.

이미 녀석은 내가 지휘관이라는 직업을 선택할 거라고 여기는 모양.

"시야가 넓어지는 것과 지력이 1 올라간다고 적혀 있군요. 다른 직업은 아마 다들 보신 적 있으실 겁니다."

"얻을 수 있는 게 조금 적군요. 보통 다른 직업은 스탯을 3 포인트 정도 올려준다고 봤는데……."

조금은 말리는 것 같은 느낌. 희귀 등급의 지휘관은 아무래도 함정인 모양이다.

"형님은 지휘관이요! 지휘관!"

일단 혼자 신이 난 저 자식은 뒤로하고 조금 더 곰곰이 생각해 보기로 했다.

"당장은 희귀 등급이라서 좋아 보이겠지만 이후에 얻을 수 있는 직업을 볼 수 없다는 것도 마음에 걸리는군요. 이후에 나오는 직업이 전부 일반 등급일 가능성도 없지는 않을 겁니다. 첫 직업 선택은 무척 중요한 만큼 일단은……."

"거, 형님은 지휘관이라니까! 지휘관이요! 어서 나를 지휘해 주쇼!"

"……."

"어쩌면 궁수도 나쁘지 않은 것처럼 보입니다, 기영 씨. 활을 사용할 수 있다는 건 의외로 메리트가……. 원거리에서 지원해 줄 수 있다면 큰 도움이 될 겁니다. 그리고 나중에는 도둑 같은 직업도…….”

“거, 형님은 지휘관이라니까? 지휘관! 나를 따르라!”

“일단은 스탯을 올리는 게…… 도움이 될 겁니다.”

“형님의 장점을 살릴 수 있는 건 지휘관! 무조건 지휘관!”

“궁수가…….”

“지휘관!”

“궁수를…….”

“지휘관!”

“궁수가 역시!”

“지휘관!”

“그렇다면 궁수를…….”

“지휘과안!”

양쪽에서 이러니 내가 더욱더 혼란스럽다.

‘씨…….’

이러다가 주변에 남은 녀석들이라도 달려올 것만 같다.

지휘관에 대한 정보를 조금 알고 있는 것 같은 김현성, 궁수를 추천해 나를 키워주려는 것 같지만 녀석은 내 잠재 능력이 최악이라는 사실을 아직 알지 못한다.

‘나도 그냥 궁수로 하고 싶다.’

그렇다고 지휘관을 선택해도 또 문제. 마법사 역시 계속해서 눈에 밟힌다. 마력은 형편없지만 그나마 높은 내 지력을 써먹을 수 있을 것처럼 느껴졌기 때문이다.

'어떡하지.'

중요한 것은 내 장점을 가장 살려야 한다는 것. 어차피 내 특성 마음의 눈은 내가 이미 희망이 없다고 결론을 내렸다.

"아……."

결국 가장 효율이 잘 나올 것 같은 직업을 선택할 수밖에 없었다. 결심하고 눈을 감자 빛이 번쩍인다.

내 몸이 조금 변하는 것을 느낄 수 있었다.

"후우."

전직에 성공한 것이다.

김현성과 박덕구가 동시에 말을 걸어왔다.

"지휘관이요? 궁수요?"

# 3장
# 순수한 것은 물들이기 쉽다

"마법사."

"으으음."

"지, 지휘관이……."

양쪽의 반응은 뭔가 비슷했다.

박덕구는 정말로 실망한 표정. 김현성은 조금은 아쉽지만 나쁘지 않을 것 같다는 분위기였다.

확실히 활을 사용할 수 있는 궁수가 더 끌리기는 하지만 궁수로서 강해지려면 민첩이 높아야 하는데, 그 수치가 낮은 것이 흠이다.

이후에 민첩 수치가 늘어날 전망이 있다면 모르겠지만, 내 민첩 잠재 능력은 최하. 아니, 그 이전에 몸을 쓰는 건 나와는 어울리지 않는다.

아마 궁수로 직업을 얻고 도둑으로 전직한다고 하더라도 비슷한 일로 고민하게 될 것이라는 생각이 들었다.

사실 마법사도 비슷하다. 마력 재능이 높지 않다는 것은 이미 알고 있지만…….

'장점을 살려야 해.'

그나마 높은 지력을 살리는 길이라고 생각했다. 이후에 뻗어나갈 수 있는 직업을 생각해 본다면 적은 마력으로도 효율적으로 활용할 수 있는 직업이 분명 있을 것이다.

"어째서 마법사를 선택했는지 물어도 되겠습니까."

나는 고개를 살짝 저으며 입을 열었다.

"그냥 감입니다."

어쩔 수 없는 선택이었다.

지휘관을 선택한다고 해도 얻을 수 있는 스탯 포인트는 겨우 1. 내게는 생소한 영역으로 보였던 마력을 3이나 올려준다는 건 엄청난 메리트다.

"그렇군요."

뭔가 납득한 거 같다는 느낌.

대놓고 재능 수치가 낮아 희망이 없다는 소리를 할 수 없어 조금은 씁쓸했다.

[기초 마법에 대한 기본적인 지식을 습득합니다.]

[직업의 효과로 인해 마력이 3 상승했습니다.]

[플레이어 이기영의 상태창과 재능 수치를 확인합니다.]

**[이름-이기영]**

[칭호-없습니다. 조금 더 노력하셔야겠네요.]

[나이-25]

[성향-용의주도한 전략가]

[직업-마법사]

[직업효과-기초 마법 지식 습득]

**[능력치]**

[근력-10/성장 한계치 일반 이하]

[민첩-11/성장 한계치 일반 이하]

[체력-12/성장 한계치 일반 이하]

[지력-19/성장 한계치 영웅 이상]

[내구-12/성장 한계치 일반 이하]

[행운-21/성장 한계치 영웅 이상]

[마력-03/성장 한계치 일반 이하]

**[장비-없음]**

**[특성-마음의 눈]**

[총평-여전히 절망적입니다. 그렇지만 직업이라도 구했다는 것에 의의를 둬 박수를 보냅니다. 마법사는 굉장히 괜찮은 선택일지도 모릅니다. 플레이어 이기영의 재능으로는 마력을 느끼기도 힘들었을 테니까요. 마력 수치가 올라간 것은 무척이나 희망적입니다만, 마법사로서의 성장은 기대하지 않으시는 것을 추천합니다. 기대하는 만큼 실망도 큰 법이니까요.]

'이 자식이…….'

왠지 총평도 나쁘지는 않은 느낌이다. 여전히 악담을 퍼붓고 있지만 그래도 마력을 얻었다는 사실 자체는 고개를 끄덕일 만한 부분.

상태창에도 확실히 변화가 있다.

기초 마법에 대해 습득한다는 것 또한 무슨 뜻인지 대충 이해할 수 있을 것 같다.

머릿속으로 새로운 지식이 쏟아져 내리고 있다. 말 그대로 기초라서 그런지 복잡한 술식이 들어오지는 않았지만 내게는 생소한 마력이란 개념, 마력을 움직이는 방법, 마력으로 마법을 발현하는 것 그리고 수인과 영창에 대한 개념까지 들어왔다.

“나쁘지 않은 것 같네.”

상상했던 것과는 조금 다르다.

정확히 뭐라고 표현할 수는 없지만 무언가 정체를 알 수 없는 공식을 푸는 느낌이기도 했고 마력으로 탑을 쌓는 느낌이기도 했다.

그 공사 현장에 도움을 주는 것이 영창이나 수인.

‘당장 쓸 만하겠어.’

지휘관과는 다르게 이 힘은 적응만 하면 곧바로 전력으로 써먹을 수 있을 것이다.

천천히 눈을 감고 마력을 느껴보니 곧바로 반응이 오기 시작했다. 비록 손톱만 하지만 내 뜻에 따라 움직여주는 녀석들이 고마웠다.

그렇게 계속해서 머릿속으로 마력을 운용하고 있을 때, 김현성 녀석이 이쪽을 바라보며 입을 열었다.

“그럼 이만 돌아가도록 하죠. 시간을 많이 지체했군요. 식량은…….”

“가방 두 개면 충분합니다.”

“네.”

박덕구는 가방 두 개를 챙긴 뒤 나머지 가방을 김현성에게 건넸다.

고개를 끄덕인 녀석은 이윽고 조금 고맙다는 눈으로 우리를 봤다.

아마 우리가 자신을 배려해 주고 있다고 생각한 모양이다.

이 스타트 포인트에 있었던 가죽 가방은 12개. 괴물들에게 어그로를 끌어준 박덕구의 공헌도를 생각해 본다면 2개 정도면 싸게 먹히는 장사다.

"배려에 감사드립니다."

"고마워하실 필요는 없습니다. 현성 씨가 없었다면 저희도 얻지 못했을 테고, 여러모로 도와주신 걸 생각해 보면 당연한 일이죠."

"그래도."

"거, 가서 사람들이나 챙겨주슈."

"네. 알겠습니다."

"그나저나 다른 사람들은 어떻게 할 생각이오? 계속 저렇게 둘 수는 없지 않소."

"아예 싸울 의지가 없는 사람은 아마 방해만 될 겁니다. 쓸데없는 희생자가 나오면 안 되니. 일단 적응 훈련을 마친 이후에 순차적으로 데려오는 게 좋은 방법으로 보입니다."

"그게 효과가 있을지 모르겠소."

생각해 본다면 박덕구도 일종의 적응 훈련을 마친 셈이다.

그러나 나는 굳이 머릿속에 있는 말을 내뱉지는 않았다.

"아마도 효과가 없지는 않을 겁니다. 일단은 시험차 한 분을 데리고 다니는 게 좋겠군요. 물론 두 분이 허락하신다면 말입니다. 괜찮으시겠습니까?"

"나는 상관없지만, 형님은 어떻소?"

"저도 상관없습니다. 다만 인원은 이쪽에서 선별해도 되겠습니까?"

"혹시 마음에 두신 분이라도."

"만약 본인이 원한다면 정하얀 씨를 생각하고 있기는 합니다."

"아."

잘됐다는 듯 김현성이 고개를 끄덕였다.

정하얀은 이미 당첨이 예정되어 있는 복권이라 해도 과언이 아니다.

내 특성, 마음의 눈으로 잠재 능력을 확인하기도 했고 김현성 역시 미래의 정하얀에 대해 알고 있을 가능성이 높다.

대놓고 기뻐하는 녀석을 보니 괜스레 웃음이 나왔다.

쉼터로 향하는 길은 꽤나 안락했다. 다른 스타트 포인트까지 가기 위해 쉼터를 조금 오래 비워둬야 했기 때문에 미리 정리한 덕분이리라.

역시나 쉼터로 다가서자 이지혜를 포함한 몇몇이 밖으로 뛰어 나와 김현성을 맞이했다.

"아, 현성 오빠! 덕구 오빠랑 기영 오빠도 수고 많으셨어요. 짐은 저희가……."

자연스레 김현성이 가지고 온 짐을 받아드는 녀석들이 보인다. 다리를 다친 것처럼 보이는 남자가 이쪽으로도 슬그머니 손을 뻗는 것이 보였기 때문에 나는 녀석의 손을 뿌리쳤다.

"저희 짐은 직접 들고 있도록 하겠습니다."

"아, 네……."

이쪽의 물건은 이쪽이 관리한다는 선을 그어놓은 셈이다.

우습게도 조금은 아니꼽다는 표정이 시야에 비친다.

직역해 보자면 '니들이 뭔데?'라고 말하는 것 같다.

나는 잠깐 입꼬리를 올렸지만 녀석은 그걸 보지 못한 모양. 그런 나와 상관없이 김현성은 조용히 이지혜에게 전달 사항을 전하고 있었다.

"다른 스타트 포인트에서 구해온 식량입니다. 지혜 씨가 안에 있는 사람들에게 분배를 해주셨으면 합니다."

"네! 맡겨주세요, 현성 오빠. 혹시 그쪽에 다른 생존자들은……."

"없는 것 같더군요."

"그, 그렇군요. 아쉽게 됐네요."

"아마 근처에 몇몇이 살아 있을 수도 있습니다. 조만간 다시 한번 수색하러 가야겠지요."

"아! 네."

아마 식량이 넉넉하지는 않을 것이다.

김현성이 가져온 가방은 겨우 10개.

30명이 앞으로 저걸 나누어 먹는다고 주린 배가 채워지지는 않으리라.

당장은 버틸 수 있겠지만 배고픈 것은 마찬가지다.

박덕구와 나는 가방 두 개를 들고 김현성을 둘러싸고 있는 새로운 아귀들을 지나쳐 안으로 들어갔다.

그런 와중에도 계속해서 묘한 시선들이 떨어진다.

걸어가는 와중에 박덕구가 조금 불안한 듯이 말을 건넸다.

"형님, 진짜로 안 나누어 먹을 거요?"

"우리는 자원봉사자가 아니야."

"뭐, 그건 알고 있기는 한데…… 조금 나쁜 놈이 된 것 같아서 기분이 별로 좋지만은 않소. 아까 밖에 나왔던 사람들의 표정도 조금 걸리고."

"왜 네가 그 사람들 표정을 신경 쓰는 건데."

"그, 그냥 모양새가 조금 그렇지 않소."

"죽을 고비를 넘기며 식량을 구해온 우리에게 감사해야 하는 건 저들이다. 자연스럽게 짐을 받아드는 것도 웃기는 거야. 우리가 지내는 이곳은 엄연히 김현성의 쉼터다. 저들이 아니라. 우리는 도움을 받은 만큼 도움을 줬고 그것도 모자라 우리가 얻기로 한 식량의 일부도 양보했다. 이 정도면 최소한의

도리는 한 거라고 생각한다. 김현성도 그 사실을 알고 있기 때문에 우리에게 별말 없는 거고."

"으음……."

"저들이 더 좋은 대우를 받고 싶다면 검을 들면 돼. 뭐, 아마도 그렇게 하지는 못할 테지만. 어쩌면 김현성도 우리를 보고 다른 이들이 자극받길 바라는지도 모르겠다. 결과가 어떻게 될지는 장담할 수 없지만 말이다."

"아아……. 거, 우리가 식량을 많이 챙겨가는 것을 보면, 싸워야 대접받는다는 걸 깨달을 거란 말이오?"

"그런 효과도 바라는 거겠지."

녀석은 멍청하지 않다. 아마 그런 효과를 일부 바라고 있을 수도 있으리라.

우리가 지낼 곳으로 터벅터벅 걸어가고 있는 사이에도 정하얀이 눈에 띄지 않는다. 사냥을 나가지 않는 이들이 이곳에서 할 일이 있을까, 싶지만 일하지 않는 이는 없는 모양.

주변을 정리한다든지 혹은 무거운 돌을 옮겨 방책을 쌓는 이들 역시 눈에 띈다.

아마 정하얀 역시 그런 종류의 일을 하고 있을 것이다. 우리가 없는 동안 이곳을 관리하는 사람이 누구인지는 불 보듯 뻔한 일.

'이지혜.'

그녀가 이곳에 있는 이들을 담당한다. 배급도, 김현성에게 무엇인가를 보고하는 것도 그녀의 일이다.

김현성을 가장 처음 반기는 것 역시.

대충 어떤 생각을 하는지 느낌이 왔기 때문에 괜스레 입꼬리가 올라갔다.

"덕구야."

"왜 부르쇼?"

"정하얀 씨 기억하지?"

"그 다리 절뚝거리면서 형님한테 안겼던 아가씨 말하는 거 아니요?"

"맞다."

나는 가방에 담아두었던 몇몇을 꺼내 박덕구에게 내밀었다.

"그 여자한테 이것 좀 전해주고 여러 가지로 신경 좀 써줬으면 좋겠다."

"형님이 웬일……. 아."

뭔가 표정이 심상치 않은 느낌.

"이해했소. 뭐, 이런 거라면 맡겨주쇼!"

단번에 내가 원하는 것이 무엇인지 캐치하는 녀석. 그렇게 오랜 시간을 붙어 있지는 않았지만 어느 정도 함께하다 보니 내가 뭘 원하는지 눈치챈 것 같다.

그녀를 얻기 위해 작업을 치고 있는 것이라는 걸 이해한 것이다.

물론 연애 감정이라고 하기에는 거리가 멀지만 한 인간을 이쪽에 기대게 만드는 방법은 의외로 간단할 수도 있다.

특히나 이런 상황에서는 말이다.

정하얀. 성향은 순수한 옹호자. 김현성의 성향, 선의의 중재자와 비슷한 느낌이지만 둘은 확연히 차이가 있다. 순수한 것과 선한 것은 분명히 다르다.

"순수한 건 물들이기 쉬우니까."

"무슨 소리요?"

"아무것도 아니다."

아마 작은 실험에서 그녀가 방금 내 말을 증명해 줄 것이다.

보이지 않는 계급이 형성되고 있다.

말을 못 하는 짐승도 저들끼리 계급을 만든다. 이런 상황에서 미묘한 계급 차가 발생하지 않는다는 게 이상할 것이다. 인간이 살아가는 곳이라면 무척이나 당연한 반응.

"일단."

일단 피라미드의 꼭대기는 이곳을 만든 김현성.

쉼터를 구하는 과정에서 무슨 일이 있었는지는 모르겠지만 확실히 이곳에 있는 이들은 김현성을 신뢰한다.

나라고 하더라도 비슷한 반응이었을 것이다.

알 수 없는 곳으로 떨어진 것은 물론, 괴물들이 득실거리는 장소.

검을 들고 괴물에게 맞서는 이가 있다는 것만으로도 이미 가산점, 게다가 녀석은 바보같이 착하기까지 하다.

사람들이 녀석을 우러러 보는 것도 무리가 아니다.

그다음이라고 할 수 있는 이가 바로 이지혜. 김현성의 옆에서 콩고물이라는 콩고물은 전부 주워 먹고 있는 여자.

밖으로 자주 싸돌아다니는 김현성에 비해 이곳에서 대부분의 시간을 보내는 것은 물론, 식량 배급이나 불침번, 혹은 여러 인력이 필요한 일을 관리한다.

이지혜 사단이라고 말할 수 있는 몇몇 역시 꽤나 막강한 권력을 지녔다. 물론 김현성을 의식해 그 권력을 악용하거나 대놓고 드러내지는 못하지만 아마 김현성이 밖으로 나가 있을 때, 무언가 일이 있기는 할 것이다.

"그럼 우리는 뭐요? 형님?"

"우리는 김현성의 바로 밑에 있다고 봐야지. 싸울 수 있는 힘을 가지고 있고 식량을 확보할 수 있으니까."

"으음."

"아마 저들 입장에서는 우리가 달갑지 않을 거다."

"그렇지만 처음에는……."

"물론 처음에는 그랬겠지. 그러나 어제 일로 보는 눈이 별로 좋지 않아졌을 거야. 우리가 독립적으로 움직이고 싶다는 의견을 반쯤 피력한 거나 마찬가지니까. 조금 심하게 말하면 너희를 먹여 살리는 건 우리가 할 일이 아니라고 못을 박아 놓은 거지."

"그렇지만 그놈들이 가져간 식량에는 우리 분량도 있었소. 고마워해야 하는 게 당연한 거 아니요?"

"물론 그런 이들도 없지 않아 있겠지만, 본래 인간이란 건 항상 새로운 권력자를 견제하게 마련이거든. 이런 쥐도 안 가질 소규모 구성원이라고 해도 말이야."

"그 말은 김현성이 우리를 견제하고 있다는 말이오?"

"아니. 애초에 김현성은 이곳을 자기 것이라고 생각하지 않을 거다."

"그럼 도대체 누가 우리를 경계하고 있다는……."

"그야 이곳을 자기 거라고 생각하는 인간들."

왕 행세를 하고 있는 것은 김현성이 아니다. 그 밑에서 콩고물을 받아먹고 있는 이지혜다.

"무슨 말인지 알 것 같소."

"김현성은 이 구성원들 위에 서 있기는 하지만 이들을 통제하는 건 그 여자야. 애초에 김현성은 이곳을 관리할 수 있는 시간이 없기도 하고 대부분의 시간을 밖에서 보내니까. 힘이 필요한 곳에선 힘을 가진 놈이 왕이고 식량과 편안한 쉼터가 필요한 곳에서는 그걸 쥐고 있는 놈이 왕이지. 김현성은 힘을 가지고 있지만 식량과 쉼터를 가지고 있는 건 그 여자일걸.”

“이지혜 말이요?”

대충 고개를 끄덕이며 말을 이었다.

“맞아.”

“…….”

“자기 사람들한테는 떡이라도 하나 더 쥐어주고 자신이 경계하는 이들은 살짝 밀어내면서 불이익을 주면 돼. 권력은 차별이 만든다. 아마 정하얀도 이지혜의 눈 밖에 난 사람 중에 한 명일 테고……. 그래서 따로 떨어져 험한 일을 하고 있겠지.”

“하얀 씨는 언제 그렇게 유심히 봤소?”

“앞으로는 조금 더 자세히 지켜봐야지.”

박덕구는 조용히 고개를 끄덕였다.

정하얀을 지켜보는 것은 이제 시작이다.

이지혜와 정하얀 둘의 성향인 ‘이기적인 야망가’와 ‘순수한 옹호자’를 읽고 충동적으로 내린 판단이었지만 어쩌면 정말로 내가 원하는 결과를 만들어낼 수도 있겠다고 생각했다.

“하얀 씨, 일 좀 똑바로 하셔야죠.”

"네? 네……."

"모두가 힘들게 일하고 있습니다. 하얀 씨만 힘든 게 아니에요. 이런 상황일수록 모두가 함께 힘을 합쳐야죠. 자꾸 이런 식으로 하시면 식량 배급을 줄일 수밖에 없습니다."

"네……."

"대답만 네네 하신다고 달라지는 건 없습니다. 들어서 알고 있겠지만 사정이 그렇게 좋아지지 않아요. 언제까지 이곳에 있어야 하는지도 모르고 다른 지점에서 식량을 구해오는 것도 쉽지 않은 일이니까요. 현성 씨가 밖으로 나간 사이에 괴물이 쳐들어오면 몰살입니다. 벽을 쌓는 일은 그만큼 중요한 일이에요."

"네, 알겠습니다. 저, 정말 죄송합니다."

"쯧. 쫓겨나고 싶지 않으면 쉬지 말고 열심히 하세요. 계속해서 생존자들이 발견되고 늘어나면 하얀 씨 자리도 없습니다. 나 원, 이번에 들어온 사람들은 뭐가 그렇게 이기적인지……."

"네?"

"아무것도 아닙니다. 아무튼 일이나 똑바로 하세요."

"네, 네. 알겠습니다."

신경질적으로 말을 내뱉은 남자가 밖으로 향하는 것이 보였다.

괜스레 고개가 숙여진다. 무엇을 잘못했는지는 알 수 없지만 내가 마음에 들지 않은 것 같다. 아니, 마음에 들지 않는 것이 당연할 것이다.

할당된 작업량을 채우지 못한 지 벌써 며칠 째였으니 저렇게 신경질 내는 것이 이상한 일이 아니다.

'바보 같아.'

'느리고 굼뜨다'라는 말은 항상 들어왔지만 이런 상황에서도 빠릿빠릿하게 움직이지 못하는 자신이 무척이나 싫어졌다.

'아파.'

살짝 내려다보니 엉망이 된 손이 시야에 들어왔다. 손톱이 거의 다 빠져 덜렁거리고 있다. 아프지만 확실히 방금 전 말에는 어느 정도 공감할 수 있었다.

'모두 열심히 하고 있어.'

모두들 살아남기 위해 최선을 다하고 있다.

밖으로 나가 싸우고 있는 현성 씨, 기영 씨, 덕구 씨는 물론 벽을 쌓고 있는 이들도 마찬가지다.

혼자서 정신없이 뛰어다니고 언제 죽을지 모르는 상황에 있었던 때와 비교하면 지금은 천국이나 다름없으리라.

만약 그때 기영 씨가 도와주지 않았다면 분명히 괴물들에게 당했을 것이다.

거의 안기듯이 이쪽으로 함께 온 것을 생각하니 괜스레 얼굴이 붉어진다. 남자와 접촉하는 게 그리 익숙하지 않았던 내게는 처음 있었던 일이기 때문이다.

멍하니 그때를 떠올리다 옆에서 들려오는 목소리에 고개를 끄덕였다.

"하얀 씨가 이해해 주시죠."

"아, 석우 씨."

"아마 저 친구도 최근에 스트레스 받는 일이 많을 겁니다."

"그, 그런가요?"

"네. 현성 씨가 최근 들어 밖으로 자주 나가니까요. 벽을 쌓는 일이 그만큼 중요하다고 생각하는 거겠죠. 지혜 씨도 똑같은 생각을 하고 있을 겁니다. 언제까지 이곳에 있어야 할지 알 수 없는 만큼, 최대한 준비해야 하니까요. 예민해질 수밖에 없을 겁니다."

"아, 저도 그건 이해해요."

"오늘은 특히나 더 예민한 것 같군요. 제가 보기에는 하얀 씨도 누구보다 열심히 하는 사람인데……. 제가 나중에 따로 이야기해 보겠습니다. 일단 같이 식사하러 가시죠."

"아…… 네."

"어제 현성 씨가 스타트 포인트에서 식량을 구해왔다고 들었습니다."

"아, 그런가요?"

"네. 지혜 씨한테 들었으니 아마 틀림없을 겁니다."

"그거 참 다행이네요. 헤헤."

유석우. 이곳에서 그나마 말을 터놓고 지내는 사람이다.

물론 이 일을 총괄하고 있는 만큼 새로 들어온 내게 이것저것 도움을 주려는 것 같지만, 애초에 사교성이 좋은지 이렇게 자주 말을 걸어오고는 했다.

"그나저나 일은 힘들지 않으십니까?"

"무, 물론 힘들지만 더 힘든 일을 하시는 분도 있으니까요."

"그래도 이런 일을 하는 게 쉽지는 않으실 테니…… 조금은 요령을 피우셔도 됩니다."

"아니요. 안 그래도 작업량을 다 못 채우는데……. 요령까지 피울 수는 없어요. 다친 석우 씨도 함께 일하시는데."

"저는 관리하는 입장에 있기 때문에 몸을 움직일 일이 많이 없어서. 하하. 사실 이 정도는 문제없습니다."

이런저런 잡담을 나누다 보니 어느새 배급대에 이르렀다. 얼마 되지 않은 사람들이 한 줄로 서 있다.

덕구 씨와 기영 씨는 보이지 않는다. 아마 이미 식사를 마쳤거나 다른 곳에 있을 수도 있으리라.

'사냥에서 돌아온 지 얼마 안 됐으니까.'

쉬고 싶을 것이다.

"줄 서시고 이쪽으로 붙으세요. 차례대로 받아 가시면 됩니다."

"네."

"아. 네."

두 손으로 먹을거리를 받은 뒤에 적당한 곳에 자리를 잡으니 모두들 끼리끼리 모여 밥을 먹고 있는 모습이 보였다.

은근슬쩍 끼어들까 생각도 했지만 애초에 소심한 성격 때문인지 먼저 말을 걸거나 함께 있기가 쉽지는 않았다.

"힘든 상황이라서 그럴 겁니다."

"네?"

"다른 사람들 말입니다. 힘든 상황이니까요. 남을 챙길 여유가 없고 또 하얀 씨 같은 경우에는 비교적 이곳에 늦게 들어왔으니 조금은 경계하고 있겠죠."

"아…… 여, 역시 그럴까요. 이, 일을 제대로 못 해서."

"아니요. 하얀 씨는 그 누구보다 열심히 하고 있습니다. 아마 시간이 지나고 이 일에 익숙해진다면 모두들 하얀 씨를 받아드릴 겁니다. 지금 저처럼요."

"좋게 봐주셔서 고마워요."

"아닙니다. 당연한 일이죠. 저는 하얀 씨와 더 가깝게 지내고 싶은 걸요."

"아! 저도 마찬가지예요. 여러 가지로 항상 도와주셔서 감사합니다."

그러고 보니 이 사람에게는 굉장히 많은 도움을 받았다.

처음에 왔을 때부터 지금까지 항상 먼저 말을 걸어주고 다른 사람들과 자신을 연결시켜 주려고 노력한 것은 물론, 여러 가지로 편의를 봐주었다.

'고마운 사람이야.'

무심코 빵 한 조각을 입속에 밀어 넣었을 때였다. 옆에 있던 유석우가 내 손을 잡았다.

"아……."

조금 힘을 줘 손을 빼보려고 했지만 떨어지지 않았다. 고개를 돌리니 유석우가 나를 보고 있다.

"이, 이거 놔주세요."

"네?"

"놔, 놔주세요. 가, 갑자기 왜."

"그렇지만 방금……."

"그, 그런 뜻이 아니었어요."

황급히 주위를 둘러봤지만 이미 다른 사람은 없다. 항상 웃고 있었던 유석우의 눈빛이 조금 바뀐 것 같다. 입가에 미소는 온데간데없고 오히려 어처구니없다는 표정이 쏟아졌다.

"하얀 씨."

"네? 네?"

"제가 하얀 씨한테 자선 사업이라도 하는 줄 알았습니까?"

"무, 무슨 말씀을 하시는 거예요?"

"가는 게 있으면 오는 게 있어야죠. 정말 눈치 더럽게 없네."

"저, 저는 잘 모르겠어요. 왜, 왜 이러시는지……."

"제가 분명히 여러 가지로 편의를 봐드리고 있는 거 알고 계시잖습니까?"

"그, 그런 건 잘 몰라요. 도움을 주신 건 감사하지만……."

"나 참. 진짜로 멍청한 거야? 아니면 멍청한 척을 하는 거야? 조금 더 직접적으로 이야기해 줄까요?"

"이, 일단 손 좀 놔주세요. 아파요. 아파……."

"앞으로 이곳에서 잘 지내고 싶으면 나한테 잘 보이라는 소리야. 이 멍청한 여자야. 아직도 상황 파악이 안 돼?"

눈이 무섭다. 이런 일은 처음 겪어본다. 어째서 상황이 이렇게 된 것인지도 알 수 없다.

한 가지 확실한 것은 이곳을 벗어나고 싶다는 것.

필사적으로 손을 반대쪽으로 빼려고 했을 때 뒤쪽에서 커다란 목소리가 들려왔다.

"거, 형씨. 그 손 부러지기 싫으면 놓는 게 좋을 거요."

"어?"

콰직!

"아아아아아악!"

"아!"

무슨 일이 일어났는지 정확히 알 수 없었다.

거대한 그림자가 얼굴을 가리는 순간, 그만 눈을 감아버렸기 때문이다.

그렇지만 들려오는 비명은 진짜였다.

눈을 떴을 때, 보이는 것은 조용히 아래를 내려다보고 있는 덕구 씨와 주저앉아 비명을 지르고 있는 유석우였다.

"더, 덕구 씨?"

"아으아아아아."

"뭐 이런 쓰레기 같은 놈이 다 있는지 모르겠네. 거, 안 부러졌으니까 엄살은 그만 부리쇼."

"아아아아악!"

커다란 손이 다시 한번 공중을 갈랐다. 정확히 유석우의 머리 위로 떨어진 손은 이윽고 퍼억 소리를 냈다. 둔기에라도 맞은 것처럼 땅바닥에 처박히는 모습은 비현실적이었다.

"으아아악! 어…… 어으어."

"거, 질질 짜지 마쇼. 세게 때리지도 않았는데. 누가 보면 신생아라도 태어난 줄 알겠네."

커다란 발이 들려 유석우의 몸이 잠깐 공중으로 떠올랐다.

발로 밀어 찬 것이다.

한쪽 벽에 처박히는 모습을 보니 혹시나 큰 사고가 나지는 않을까 걱정되었다.

"이, 이제 괜찮으니까 그만해 주세요. 다치겠어요. 더, 덕구 씨."

"아."

살짝 자신을 내려다보는 눈길이 무섭다. 그러나 말리지 않으면 유석우가 정말로 죽을 수도 있다고 생각했다. 바닥에 웅크린 채 부들부들 떨고 있는 모습이 시야에 들어왔기 때문이다.

"너무 걱정하지 마쇼, 누님. 그냥 밀어서 찬 거요. 거, 이 형씨는 엄살 한번……."

그것뿐만이 아니다.

소란을 듣고 찾아온 몇몇 사람이 유석우의 비명을 듣고 이쪽으로 달려오는 것이 보인다.

"그만하세요!"

"……."

"지금 무슨 짓을 하시는 건가요? 석우 씨, 괜찮으세요?"

"괘, 괜찮습니다."

가장 먼저 눈에 띈 사람은 당연히 이지혜. 몇몇 사람을 이끌고 온 그녀는 다소 당황스럽다는 눈빛을 이쪽으로 보내오기 시작했다.

"이게 무슨 짓인가요? 내부에서 폭력은 금지예요."

"저 남자가 하얀 씨를 희롱했소. 그래서 후려친 게 전부요."

"정말인가요?"

"내가 눈으로 직접 봤소."

"아…… 닙니다."

"뭐?"

"무, 물론 하얀 씨 팔을 제가 잡은 건 오해의 소지가 있을 수도 있습니다만…… 어, 어디까지나 실수로."

"아직까지 입이 살았구먼."

"그, 그만하세요, 덕구 오빠. 말씀드린 대로 이곳에서 폭력은 금지되어 있어요. 설사 석우 씨가 잘못했다고 해도 이렇게 앞뒤 사정 듣지 않은 채 폭력을 휘두르는 건 구성원들 간에 위화감을 조성할 수 있어요. 이, 이런 식으로……. 이건 아니에요. 일단은 잘잘못을 따져보는 게 먼저예요."

"……."

"석우 씨, 정말로 하얀 씨의 손을 잡고 그녀를 희롱한 건가요?"

"아, 아, 아닙니다. 저, 절대로 아닙니다. 그럴 의도는 절대로 없었습니다."

"덕구 오빠가 봤다는 건……."

"조, 조금은 오해가 있었던 것 같습니다. 무, 물론 제가 하얀 씨에게 마음을 전한 것은 사실이지만 하얀 씨도 제 뜻에 동의한 걸로 착각을 해서…… 이런 일이 생긴 것 같습니다."

"정말인가요?"

"네, 네. 그렇습니다."

"정확히 뭐라고 말씀하셨는지 다시 한번 말해주세요."

"저는 하얀 씨에게 조금 더 가깝게 지내고 싶다고 말했고 하얀 씨도 긍정적인 말을 하시기에……. 아무래도 제가 착각한 모양이군요.”

“하얀 씨, 확실하게 말해주세요. 방금 석우 씨가 한 말이 사실인가요?”

여러 가지 시선이 뒤섞여 날아들었다. 당연히 적응이 되지 않는다.

주변 사람들의 시선이 호의적이지 않았기 때문이다.

이곳에 내 편이 없다는 것을 깨닫는 것은 순식간.

긴장감 때문인지 팔과 다리가 부들부들 떨려왔을 때, 어서 말해보라는 듯 이쪽을 응시하는 이지혜의 얼굴이 시야에 들어왔다.

왠지 모르게 입이 잘 떨어지지 않는다.

“그, 그건 사실이에요. 그, 그렇지만 그 이후에는 서, 석, 석우 씨가 어, 억지로 팔을 잡아당기고 이곳에서 잘 지내고 싶으면…… 그, 그런 식으로 이야기하셔서……. 저도 조금 놀라서…….”

“이야기를 똑바로 해주세요, 하얀 씨. 정확히 뭐라 하시는지 잘 안 들려요. 차근차근 말씀해 보세요.”

“그러니까…….”

“그러니까 석우 씨가 가깝게 지내고 싶다고 말한 것도 사실이고 하얀 씨가 거기에 동의했다는 것도 사실이라는 건가요?”

"네? 네…… 그, 그렇지만 저는 그런 뜻인 줄은…… 모, 몰라서."

"사실인지 아닌지에 대해서 물었어요."

"사, 사실이에요. 그렇지만……."

"저기요, 하얀 씨."

"네?"

"오해할 만한 행동을 한 것도, 그런 여지를 준 것도 하얀 씨가 아닌가요? 그러고 보니 이곳에 온 이후로는 줄곧 석우 씨랑 붙어 다녔던 것 같던데. 제 말이 틀린가요?"

"그건 맞지만 어디까지나 서, 석우 씨가 먼저……."

"평소 행실에 문제가 있었으니 이런 사고가 발생하는 거예요."

"아니…… 저, 그게."

"누구라도 오해할 만한 상황을 만들어놓고 그렇게 잡아떼면 그만인가요? 덕구 오빠도 그래요. 전후 사정을 제대로 살펴보지도 않고 이렇게 사람을 때리다니……."

살짝 고개를 돌려 박덕구를 바라보자 조금은 당황스러워하는 얼굴이 눈에 들어왔다. 혹여나 자신이 실수한 것은 아닌가 하는 생각을 하는 것이다.

"저놈 말이 사실이요? 누님?"

"더, 더 가깝게 지내자고 한 건 맞지만…… 그, 그렇지만…….”

어디서부터 어떻게 설명해야 할지 머릿속이 혼란스러웠다.

갑작스럽게 닥쳐온 상황을 어떻게 해결해야 할지, 이 일을 어디서부터 풀어나가야 할지 아무런 생각이 나지 않는다.

나를 보는 얼굴들. 그 표정 때문에 괜스레 눈물이 차올랐다.

“울면 해결되는지 아세요?”

“죄, 죄송합니다. 제…… 제가…….”

“말로만 죄송하다고 해서 될 문제가 아니에요. 안 그래도 요즘 분위기가 좋지 않은데 덕구 오빠도……. 물론 이런 상황에서 피해를 입을 것 같은 여성을 도와준 건 저로서도 고맙지만 확실한 전후 사정을 듣기 전까지는 함부로 행동하시면 안 되죠. 이번만큼은 조금…… 경솔하셨던 것 같네요.”

“끄응.”

“누가 피해자인지 누가 가해자인지 확실하지 않은 상황에서…….”

“죄, 죄송합니다.”

“저한테 사과해서 될 문제가 아니잖아요?”

“피해자인 석우 씨한테 똑바로 사과하세요.”

“죄, 죄…… 죄송…….”

“이게 무슨 일입니까?”

“이게 무슨 일입니까?”

질문을 던진 내가 대답할 수 있다.

아주 적절하고도 좋은 상황이다.

조만간 뭔가 액션이 있을 거라 생각했지만 이런 식으로는 생각하지 않았다. 이렇게 커다란 건수가 걸려들 거라고는 사실 상상도 못 했다.

조금은 당황하는 듯한 박덕구와 울먹이다 못해 폭포수처럼 눈물을 쏟아내고 있는 정하얀.

당연히 억울하리라.

대충 봐도 가해자와 피해자는 명확하다.

뭐, 사실 정말로 정하얀이 유석우라는 놈을 이용하려 했는지는 내 알 바 아니지만 정하얀이 궁지에 몰렸다는 사실 하나는 꽤나 중요하게 다가온다.

내 모습을 보고 가장 먼저 입을 연 것은 이지혜.

“마침 잘 오셨어요, 기영 오빠. 지금!”

“지금 정신 나갔습니까?”

“네?”

“지혜 씨, 지금 정신 나갔어요?”

“그, 그게 무슨.”

"지금 여기가 어디 동네 놀이터인 줄 아십니까? 그렇게 크게 떠들면 놈들이 듣지 못할 거라고 생각하십니까? 바깥을 주기적으로 정리하고 있다고 해서 놈들이 이쪽으로 오지 못하는 건 아닙니다."

본인이 무슨 실수를 했는지 깨달은 얼굴이다.

"아, 그게 그러니까 지금 상황이……."

"저도 멀리서 봐서 대충은 무슨 상황인지 알고 있어요, 지혜 씨. 지혜 씨 말대로 아직 가해자와 피해자가 명확하게 정해지지 않은 상황에서 이렇게 집단이 한 사람을 몰아넣으면 저라도 겁먹을 겁니다. 그리고 지금 상황이 뭐요?"

"그렇지만 분명히 잘못은 저 여자가……."

"지혜 씨, 정말로 석우 씨가 잘못이 없다고 확신할 수 있습니까?"

아마도 확신할 수 있다곤 말할 수 없을 것이다. 입 밖으로 그것을 내뱉는 순간 책임은 유석우라 아니라 그녀의 몫이 되어버린다.

조금 우물쭈물거리는 모습이 시야에 들어왔다.

불안해 보이는 얼굴, 당황하는 표정이다.

"그리고 하얀 씨 반응을 보면 꼭 그런 것 같지도 않습니다만. 하얀 씨는 그럴 사람이 아닙니다. 제가 보증할 수 있습니다."

억지다. 순전히 억지다. 지금 나는 말도 안 되는 말을 하고 있다. 내가 입 밖으로 내뱉으면서도 실소가 나올 정도로 당황스러운 발언이다.

단순히 그럴 만한 사람이 아니라고 그녀를 감싸주는 것은 정하얀에게는 무척이나 고마운 발언일지도 모른다.

그러나 다른 사람들에게는 아니다.

도대체 내가 언제 그녀를 봤다고 보증한단 말인가.

그녀의 성향인 순수한 옹호자 말고는 그녀를 보증할 수 있는 그 어떤 연결점도 가지고 있지 않다.

사실 할 말은 무척이나 많다.

애초에 성 관련 범죄에서 피해자에게 죄를 묻는 것부터가 오류가 있다.

여성인 이지혜가 그것을 모를 리 없다. 그녀가 억지로 유석우의 편을 들어준 것은 외부자를 배척하고 자신의 세력을 더욱 공고히 하려는 의도였을 것이다.

아니면 처음부터 정하얀에게 엿을 먹이려는 생각일지도 모른다.

하나하나 전부 따지고 나가며 논리적으로 반박하는 것도 나쁘지는 않지만 여기서는 다소 억지로 밀어붙이는 것도 효과가 있을 것이다.

아니, 효과가 없을 리가 없다.

왜냐하면.

'내가 권력자니까.'

이곳에 권력자는 바로 나다. 내 말은 이곳에 있는 그 어떤 사람들의 말보다 무게감 있다.

"하얀 씨는 그럴 만한 사람이 아닙니다."

"아…… 그……."

눈물을 닦고 이쪽을 바라보는 정하얀과 다소 적대적으로 정하얀을 보는 사람들의 표정이 무척이나 대조적이다.

아마 저들의 눈에는 이 상황이 불합리해 보일지도 모른다. 뜬금없이 나타나 상황을 정리하고 윽박지르는 것은 물론, 한 사람에게 지나치게 편파적인 모습을 보이는 것.

물론 그럼에도 미움 받는 것은 내가 아니다.

나는 슬쩍 정하얀을 바라보기 시작했다.

권력자에게 총애받는 여자.

누가 봐도 미워할 수밖에 없는 캐릭터다.

특히 이지혜 같은 종류의 사람들에게는 말이다.

"다들 모여서 이게 뭐 하는 짓인지 참. 유석우 씨는 일단 치료부터 하는 게 좋겠군요. 다만 치료가 끝난 뒤에는 정확히 어떤 일이 있었는지 제대로 묻겠습니다. 일단 석우 씨를 옮기도록 하세요."

"아, 알겠습니다."

"지혜 씨는 이곳을 정리하고 바로 일과를 시작할 수 있도록 해주세요. 조금 있으면 현성 씨가 돌아올 시간입니다. 방금 전 일 때문에 괴물들이 몰려올 수도 있으니 덕구는 가볍게 주변 순찰을 부탁한다."

"아, 알겠소, 형님."

"그리고…… 하얀 씨는 잠깐 저 좀 보죠."

"네."

수군거리는 몇몇 인간, 입술을 살짝 깨물고 있는 이지혜나 다소 불안해 보이는 유석우.

무슨 생각을 하고 있는지 뻔히 보인다.

말들이 작게 들려오기는 하지만 대놓고 내 행동을 지적하는 이들은 없다.

"뭐야, 저 여자."

"재수 없어."

나보다는 더 좋은 먹이가 있을 것이다.

"같이 가시죠."

"아…… 네."

권력자가 아닌, 물어뜯기 편한 종류의 사람 말이다.

"일단 앉으시죠."

"저, 저는……."

우물쭈물하는 얼굴이 보였다.

아직 진정되지 않았는지 어깨를 부르르 떤다든가 눈물을

닦아내는 모습은 조금 어린아이처럼 보인다.

애초에 그녀는 평범한 21살이다.

살면서 몇 번 겪어보지 못할 상황을, 게다가 이런 장소에서 겪었으니 저런 모습을 보이는 것도 무리가 아니다.

저 여자의 심정을 정확하게 이해할 수는 없지만 아마 방금 무슨 일이 있었는지, 자신이 어떤 상황에 처했던 것인지조차 모르는 것처럼 보였다.

"죄, 히끅. 죄송합니다."

"뭐가 죄송하다는 건지 모르겠습니다."

"그렇지만 제가 히끅……. 제가."

"하얀 씨는 잘못한 게 없습니다. 물론 제가 자세한 상황을 본 것은 아니지만. 일단 천천히 무슨 일이 있었는지 설명해 주시겠습니까?"

"저, 저는 정말로 그런 의도로 그런 게 아, 아니었어요. 그냥……."

"알고 있습니다. 편하신 대로 이야기해 주시면 됩니다."

내가 살짝 웃으며 말을 건네자 그녀는 천천히 이야기를 시작했다.

사실 대충 알고 있는 이야기이기도 했고 어느 정도 예상할 수 있는 이야기이기도 했다.

문제는 그녀의 말을 당최 알아들을 수가 없다는 것. 울먹이며 두서없이 쏟아내는 그녀의 한탄은 확실히 알아듣기 힘들었다.

시스템상으로는 그녀의 지력 수치가 낮지는 않았는데 아마 단순한 사고력을 기준으로 지력을 책정하는 건 아닌 듯하다.

"그, 그래서 갑자기 석우 씨가……."

"네. 네. 그랬군요."

"소, 손을 잡아당기면서 소리를 질렀어요."

"네."

그렇지만 내가 알아들을 수 있고 없고가 중요한 것이 아니다. 공감하는 것이 더 중요하다. 잘잘못을 따지는 것보다는 그녀가 어째서 울고 있는지, 어째서 억울해하는지 들어주는 것이 더 중요하다.

'난 네 편이야'라고 말하진 않지만 아마 그녀는 그렇게 생각하고 있을 것이다.

"그, 그래서 그렇게 됐는데……. 가, 갑자기 덕구 씨가 와서 그 남자를 때리고 지혜 씨가 히끅."

"그랬군요."

"거, 거기서 기영 씨가 와서……."

"네."

문제는 이 한탄의 시간이 꽤나 길어진다는 것. 결국에는 몇 분이 더 지난 뒤에야 그녀의 장황한 이야기가 마무리 됐다.

"힘드셨겠군요."

"아니에요. 이제 조금 괜찮아졌어요."

확실히 진정했다는 느낌이 든다.

간헐적으로 떨리던 어깨는 제자리를 찾았고 계속해서 울먹이던 표정은 조금이지만 웃음기 섞인 표정으로 변해가고 있다.

어느 정도 여유를 찾은 것이다.

"고마워요, 기영 씨."

"고마워하실 필요 없습니다. 단지 정황을……."

"아, 아니요. 그게 아니라 아까 전에 저를 믿는다고……."

"아아."

"처음 만났을 때부터 도움만 받네요. 저, 저는 아무것도 해드린 게 없는 것 같은데……."

"신경 쓰지 않으셔도 됩니다."

"어, 어째서 저한테 이렇게 잘해주시는지 무, 물어봐도 될까요?"

질문의 요지를 파악하기가 어렵다. 이쪽에 호감을 느끼는 건지 아니면 경계하고 있는 건지 제대로 알 수가 없다.

아마 후자일 확률이 높을 거라고 생각했다. 유석우 역시 나와 비슷하게 접근했을 가능성이 크기 때문에.

적당한 대답.

"그저 옳다고 생각한 일을 한 것뿐입니다만 굳이 이유를 찾자면…….”

“네?”

“집에 여동생이 있습니다. 아무래도 하얀 씨를 보면 집에 있는 동생이 생각나서 말입니다.”

사실 별로 생각나지 않는다. 율하의 성격은 정하얀과는 전혀 딴판이고 나이 말고는 공통점을 찾기가 어렵다.

그렇지만 이 대답이 정답이라고 생각했다.

“아…….”

“아마 하얀 씨와 비슷한 나이일 겁니다.”

“죄, 죄송해요. 제가 괜한 걸…….”

“하얀 씨는?”

“언니 둘이 있지만…… 어, 언니들과는 연락이 끊긴 지 오래라…….”

어두운 표정. 굳이 물어볼 문제가 아니라고 생각했다.

“부모님은?”

“아, 안 계셔요.”

“공통점이 있군요.”

“기영 씨도?”

“네.”

묘하게 기뻐하는 표정.

“조, 조금 닮았네요.”

"네. 그렇군요."

공통점이 있다는 건 좋은 일.

조용히 두 손을 모으고 있는 모습을 보니 입꼬리가 올라갔다. 조금 더 적극적으로 다가갈지, 아니면 여기서 물러서는 게 좋을지 계산해 봤지만 정답이 나오지는 않았다.

머릿속으로 생각을 정리하고 나는 다시 말을 이었다.

"부담스럽게 생각하지 않으신다면."

"네?"

"조금 더 편하게 대해주셨으면 좋겠군요. 순전히 제 욕심입니다만."

"아? 아? 네! 어, 어떻게?"

"일단은 말을 편하게 하는 것부터 시작하죠."

"네? 네…… 그, 그렇다면 편하게……."

"편하게 할게."

"네……. 아니, 응. 아, 알겠어요. 오, 오, 오빠."

아무래도 부끄러워하는 것 같다.

정하얀이 인간관계에 서툴다는 것을 다시 한번 확인할 수 있었던 부분. 조용히 그녀를 마주보며 마음의 눈으로 그녀를 투시하니 전체적인 능력치가 시야에 들어왔다.

[플레이어 정하얀의 상태창과 잠재 능력을 확인합니다.]

**[이름-정하얀]**

[칭호-없습니다. 조금 더 노력하셔야겠네요.]

[나이-21]

[성향-순수한 옹호자]

[직업-백수입니다.]

**[능력치]**

[근력-11/성장 한계치 희귀 이하]

[민첩-11/성장 한계치 희귀 이하]

[체력-14/성장 한계치 영웅 이하]

[지력-22/성장 한계치 영웅 이상]

[내구-14/성장 한계치 희귀 이하]

[행운-23/성장 한계치 영웅 이상]

[마력-10/성장 한계치 전설 이상]

[총평-전설급 이상의 스탯 한계치를 가지고 있습니다. 신체 능력은 전체적으로 낮지만 향후 마법사나 사제로서 폭발적인 성장을 할 수 있습니다. 현재 본인이 마력을 느낄 수 있다는 것을 인지하지 못한 상태입니다. 플레이어 이기영은 이 여자와 비교한다면 개미 발톱의 때 정도라고 해도 과언이 아니겠군요.]

이전에 봤던 것보다 근력이 1, 체력이 2 올라갔다. 그동안 성벽을 빡세게 쌓은 모양이다.

신기한 것은 역시나 마력 수치가 10이라는 것.

마법사로 전직한 이후에 마력을 얻은 나와는 다르게 그녀는 이곳에 소환될 때부터 마력을 지니고 있었다. 아직 느끼지 못했지만 혹시라도 이쪽이 도움을 준다면 뭔가 방법이 있을 수도 있다.

마력과 마법에 대해서 말을 꺼내볼까 고민하던 찰나였다.

“저, 저기 기영 오빠. 잠깐 괜찮을까요?”

목소리의 주인공은 이지혜. 불안해 보이는 정하얀의 얼굴이 시야에 비쳤다.

사실 이지혜가 찾아올 거라는 건 어느 정도 예상할 수 있었던 부분이다.

다만 내 생각보다 조금 더 빠르다.

‘확실히.’

이 여자는 이런 쪽으로는 머리가 잘 돌아간다.

‘이쪽으로 붙겠다?’

어느 쪽이 더 위에 있는지는 이미 방금 전 사건으로 확정된 거나 마찬가지. 유석우와 정하얀의 시시비비를 가리는 자리이기도 했지만 나와 이지혜 둘 중에 누가 더 위에 있는지 가리는 자리이기도 했다.

아마 이지혜 역시 그것을 알고 있을 것이다.

누군가 정하거나 눈에 보이는 계급을 만든 것은 아니지만 간접적으로 내가 자신보다 위에 있다는 사실을 깨달은 것이다.

성향, 이기적인 야망가.

이 여자 같은, 아니, 나 같은 종류의 사람이 새로운 권력자를 찾았을 때 나오는 패턴은 두 가지.

배척하거나. 혹은 달라붙거나.

생각보다 행동력이 빠르다고 생각했다.

이쪽으로서는 손해 보는 장사는 아니지만 조금은 더 생각해 볼 여지가 있는 부분.

나는 이지혜가 아닌 정하얀을 바라보며 살짝 입을 열었다.

"잠깐 비켜줄래? 지혜 씨와 이야기 좀 해야 될 것 같아서."

"아. 네. 알겠어요. 오, 오빠."

마지막 말에 조금 힘을 준 것을 보니 뭔가 불안하기는 한 모양.

결국 조용히 정하얀이 몸을 일으킨 자리에 이지혜가 자리잡았다. 계속해서 뒤를 돌아보는 모습을 보니 확실히 방금 대화가 마음에 들었던 것 같다.

"무슨 일이시죠?"

"저…… 사과드리고 싶어서요. 그, 소란을 일으켜서 죄송해요."

"아뇨. 사실 지혜 씨가 잘못한 건 없습니다."

"아니에요, 기영 오빠. 저도 갑자기 이런 상황은 처음이라 바깥 상황을 생각 안 하고 지나치게 흥분했던 것 같아요. 밖에 나가서 고생하시는 분들 생각도 않고……. 조용히 해결하는 게 좋았을 텐데."

"괜찮습니다. 만약 제가 지혜 씨였어도 당황했을 겁니다. 오히려 제가 조금 민감하게 반응한 것 같아 죄송하더군요."

"아니요. 오빠는 할 일을 하셨을 뿐이에요."

무척 동안이기는 하지만 아무리 그래도 나보다 나이가 더 많은 여자한테 오빠라고 불리는 것은 익숙하지 않다.

"저……."

"말씀하세요."

"석우 씨 말인데요."

"당장은 석우 씨를 불러다 뭘 할 생각은 없습니다. 아무래도 치료가 먼저라고 할 수 있으니까요. 저도 당장 할 일이 있어서 말입니다."

"아, 그렇다면 다행이네요. 계속 이런 일로 신경 쓰이게 하는 것 같아 죄송했거든요. 아무래도 제가 아까는 당황해서 제대로 된 판단을 할 수가 없어서요. 맡겨주신다면 제 나름대로 어떤 조치를 취해보려고 하는데…… 이번 일은 저한테 맡겨주시면 안 될까요?"

조금은 고민할 수밖에 없었다.

유석우를 어떻게 처우할지에 대해서는 아직 생각해 본 적 없다. 법도 경찰도 없는 만큼 어떤 식으로 처벌해야 할지 정해진 게 없기 때문이다.

"하얀 씨는……."

"저도 잘 생각해 보니 하얀 씨한테 너무했었던 것 같기도 하고요. 맡겨주신다면……."

"뜻대로 하시지요. 애초에 이곳을 관리하는 건 지혜 씨가 하시는 일 같은데. 주제넘게 제가 끼어든 것 같아 죄송합니다."

"아! 아니요. 그런 뜻이 아니에요."

"예. 저도 무슨 말을 하시려는지 압니다. 다만 아까처럼 신경 쓸 일이 없었으면 좋겠군요."

요지는 나 역시 그녀의 권력을 일부 인정한다는 것.

지금 내가 무슨 말을 하는지 이 여자는 틀림없이 알고 있을 것이다.

'나는 너를 굳이 막을 생각이 없다.'

그 대신 신경에 거슬리는 짓은 하지 마라.

납작 엎드리라는 뜻이다.

말을 마치자 슬그머니 이쪽의 손을 잡으려 한다.

객관적으로 보면 이지혜는 미인이다. 애써 심장을 조용히 가라앉혔지만 살짝 몸을 밀착해 오는 것은 적응되지 않는다. 아니, 그보다는 어째서 이런 식으로 접근하는지도 궁금하다.

“바깥일도 충분히 힘드실 텐데, 이쪽 일까지 신경 써주셔서 너무 감사하네요.”

“그렇지 않습니다.”

“혹시라도 제가 도와드릴 일이 있으면 언제든지 말씀해 주셨으면 좋겠어요. 무슨 일이든지.”

허벅지를 살짝 쓰다듬는 모습 또한 가관.

이쯤 되면 이 여자가 뭘 원하는지 당연히 알 수 있었다.

“무슨 일이든 말입니까?”

“네. 무슨 일이든.”

생각보다 조금 더 적극적으로 다가오는 모습에는 조금 당황할 수밖에 없었다.

이 여자는 어리석을 수는 있지만 멍청하지는 않다. 이쪽을 바보로 알고 있는 것도 아니다.

눈에 보이는 것은 기이한 열망.

‘권력욕? 야망?’

어느 쪽이든 상관없다.

“나는 야망 있는 남자가 좋더라.”

내게 있어서 권력이나 야망이란 나 자신을 지키기 위한 방어 수단이다. 물론 이지혜에게는 원인이나 동기 같은 것은 중요하지 않을 것이다.

그녀가 원하는 건 결과니까.

문제는 이 여자와 가까워지는 것이 내게 이득이 되는가.

그녀가 가지고 있는 건 고작 이 멍청한 집단을 컨트롤할 수 있다는 것 정도다.

여러 가지 쓰임새야 많겠지만 일단은 그게 전부다.

본인 역시 그걸 잘 알고 있기 때문에 이쪽에 비벼왔을 것이다.

애초에 집단에 그다지 구애받지 않은 나는 별로 쓸모없겠지만 있어서 나쁠 건 없다.

아니, 어쩌면 다른 쪽으로는 조금 쓸모가 있을지도 모른다. 정하얀에 관련한 일이라든가…….

'어떻게 할까.'

이쪽이 자신에게 혹하지 않다는 것 정도는 알고 있을 거라고 생각했다. 그 정도도 깨닫지 못한다면 정말로 생각 없는 멍청한 년이라고 생각하는 게 맞다.

'그건 아니겠지.'

목적은 계약? 심플한 관계?

이지혜가 얻을 수 있는 것은 꽤나 많다. 흔들릴 뻔한 권력을 재확인했고, 집단 내 2인자일지도 모르는 사람과 끈을 만들어 놓는다는 것.

나와 사이가 나쁘지 않다는 여론을 이용할 수도 있다.

뭐가 됐든 친해져서 나쁠 건 없다.

적이 아니면 아군이라는 사고방식은 멍청하다.

"나는 뭘 얻을 수 있을까?"

"글쎄요. 하얀 씨?"

나는 입꼬리를 올리며 그녀에게 내 몸을 밀착시켰다. 묘한 흥분감과 기대감이 서린 이지혜의 얼굴이 시야에 들어온다.

'좋네.'

느껴본 지 오래된 감각.

살짝 입술을 포갠다. 언뜻 보면 로맨틱하게 느껴질 수 있는 광경. 그러나 서로 생각하고 있는 바는 다를 것이다.

'서로 이용해 보자고.'

나는 살짝 웃으며 입을 열었다.

"우리는 조금 닮은 것 같네."

"네. 그런 것 같아요."

[플레이어 이지혜의 상태창과 잠재 능력을 확인합니다.]

**[이름–이지혜]**

[칭호–없습니다. 조금 더 노력하셔야겠네요.]

[나이–29]

[성향–이기적인 야망가]

[직업–백수입니다.]

[총평—축하합니다, 플레이어 이기영. 결국 사고 치셨군요. 낮은 스탯, 형편없는 잠재 능력을 가진 한 쌍의 완벽한 커플이 탄생했습니다. 피임에는 신경 쓰도록 하세요. 정말로 태어난다면 2세가 너무 불쌍하니까요.]

"뭐가 커플이야."

내 생각보다 이 여자는 조금 더 똑똑하다. 아니, 정확히 하자면 머리가 특출하게 좋다거나 하는 것은 아니다. 그러나 상황을 읽는 판단력이나 결단력, 행동력 정도는 봐줄 만하다.

눈치도 빠르고 가려운 곳을 긁어줄 줄 안다.

알게 모르게 견제하고 있던 정하얀을 이쪽에 던져준다는 것을 보면 그녀가 원하는 게 뭔지 대충은 알 수 있었다.

김현성이 이 여자한테 어째서 집단을 맡겼는지 이해가 된다. 굳이 필요 없는 몸통박치기를 해온 것도 최소한의 끈을 붙잡고 싶어서일 것이다.

물론 본인에겐 다른 목적이 있을 수도 있지만 굳이 내가 알 필요는 없다.

한 번 침을 삼키고 다시 한번 이지혜의 스탯창을 살펴보기 시작했다.

이지혜의 능력치 상승률이 나쁘지 않다. 저번에 봤을 때와 비교하면 체력은 1, 지력은 2, 행운은 3이 올랐다.

'어떤 식으로 올라가는 거지?'

궁금한 것은 스탯이 어떻게 올라가느냐에 대한 것.

일단 지력 같은 경우에는 단순한 사고력이나 알고 있는 지식에 기반하는 건 아니라고 추론할 수 있다.

정하얀 같은 경우에는 높은 지력을 보유하고 있음에도 어딘가 덜떨어진 모습을 보인다.

반면 이지혜의 경우는 다르다. 정하얀보다 낮은 지력을 가지고 있음에도 불구하고 약삭빠르다.

어쩌면 마법이나 어떤 특정 지식에 관한 이해력 따위가 지력의 기반일 수도 있다고 생각했다.

행운 같은 경우에도 조금은 의아하다. 최근에 체크해 봤을 때만 해도 그녀의 행운 수치는 12.

하룻밤 사이에 행운이 올라갔다는 건 이해가 되지 않는다.

혹시나 행운 수치가 높은 나와 연관이 있을까 하는 생각을 해보기는 했지만 아직은 추측에 불과.

스탯에 관해서는 조금 더 생각할 필요가 있으리라.

"일찍 일어났네요."

"생각할 게 조금 있어서."

옆에서 나를 빤히 바라보고 있는 이지혜가 보였다. 어제가 그리 나쁘지는 않았는지 표정은 조금 좋아 보인다.

"유석우는 알아서 처리하고 정하얀은 잘 지켜봐. 정하얀 관련해서 특이사항 생기면 바로 보고하고.”

“입까지 맞춘 여자한테 할 소리는 아닌 것 같은데…….”

“멍청한 소리하지 말고.”

“뭐, 알아서 잘해볼게요. 뭘 생각하는 건지 알 것 같기는 한데 그 여자한테 뭐가 있기는 있나 봐?”

‘눈치 빠른 년.’

“누나가 알 필요는 없어.”

“당신!”

누나라고 부르니 얼굴이 붉어진다. 아마 나이에 대해서 조금 신경 쓰고 있음이 틀림없으리라.

입술을 조금 깨물고 있는 이지혜. 고작 하룻밤 사이에 커플이라든가 혹은 서로의 등을 지켜줄 수 있는 동료가 되는 것은 아니다.

어디까지나 계약 관계.

갑과 을 따위의 계약 항목 같은 건 없지만 우리는 서로가 서로를 일정 부분 이용하기로 무언으로 합의했고 계약 과정을 거쳤다.

쉽게 허물어질 수도 있는 계약이라고 한들 서로가 서로를 믿는 데 발톱의 때 정도만큼은 기여할 것이다.

문제는 이 관계가 언제까지 지속하느냐에 대한 것.

서로 선을 지키고 상대를 존중한다면 문제는 없지만 뒷일이 어떻게 될지는 아무도 모른다.

나는 살짝 한숨을 내쉰 이후에 입을 열었다.

"근데 지혜 씨는 어째서 나를 골랐을까."

"말했잖아요, 기영 오빠. 난 야망 있는 남자가 취향이라고."

기대에 부응해야 하는 건 그녀뿐만이 아니다.

내가 그녀를 언제든지 내칠 수 있듯이 그녀 역시 나를 언제든지 내칠 수 있다.

일단 중요한 것은 내 자신의 성장과 정하얀.

이지혜는 나와 있었던 일을 여기 저기 떠벌리지는 않을 것이다.

그게 그녀한테도 유리하니까.

다만 뭔가 일이 있다는 분위기를 풍길지는 모른다.

그게 정하얀에게 어떤 영향을 끼칠까. 그것이 중요하다.

인간관계에 서툴다는 건 자신의 감정을 표현하고 받아들이는 데에도 서툴다는 것을 의미.

부모님은 없고 언니들과는 연락이 끊긴 지 오래됐다.

말인즉 정하얀은 사람들과 관계를 맺는 것에 익숙하지 않은 것은 물론, 애정결핍 따위를 가지고 있을 확률이 높다.

그녀는 내게 조금 더 집착해야 하고 의존해야 한다.

그것을 이지혜가 도와줄 것이다.

생각보다 일은 더 빠르게 처리됐다. 유석우에 대한 건은 재판이나 뭔가가 나올 건더기도 없었다.

이지혜가 이쪽에 붙었다는 것을 눈치챘는지 유석우는 금방 자신이 잘못했다는 걸 시인했고 모두가 납득할 만한 처벌을 받았다.

물론 이 과정에는 이지혜의 입김이 어느 정도 작용하고 있었는데 재미있는 것은 그녀가 어쩔 수 없다는 태도를 고수했다는 것이었다.

이쪽으로 은근히 화살표를 돌리는 것은 물론, 일부 원인을 정하얀에게 돌리는 여론 작업을 시작했다.

'이기영 때문에 어쩔 수 없었다.'

'그가 정하얀을 아끼고 있다.'

따위의 뉘앙스를 풍기기 시작한 것.

당연히 정하얀은 이곳에 구성원들에게 미운 털이 박힐 수밖에 없었는데, 이런 여론 조작 과정에서 이지혜가 내 생각보다 조금 더 지독한 년이라는 걸 느낄 수 있었다.

'사람 괴롭히는 데는 도가 튼 여자.'

이걸 만약 재능 수치로 표현할 수 있다면 그녀는 전설 등급 이상을 받았으리라.

절대로 본인이 움직이지 않는다.

다만 주변 사람들에게 정하얀이 철저하게 격리되거나 괴롭

힘 당할 수 있는 최적의 환경을 마련해 주었다.

모두가 자신을 미워하고 있는 상황에서 정하얀이 무엇을 어떻게 할 수 있을 리가 만무.

결국 그녀가 발을 돌릴 수 있는 곳은 이곳밖에 없었을 것이다.

덕분에 이쪽은 정하얀의 한탄을 며칠 째 들어주고 있는 중이다.

"그, 그러니까…… 히끅."

"괜찮아?"

"네…… 고마워요. 오, 오, 오빠. 제가 너무 제 이야기만……. 바쁘실 텐데."

"아니, 전혀. 오히려 이런 이야기를 해줘서 고맙네. 조금 더 열심히 하면 아마 다른 사람들도 인정해 줄 거야. 물론, 나는 이미 하얀이가 열심히 하고 있다는 걸 알고 있지만."

솔직히 사람 좋은 척하기도 쉽지 않다.

"그래도……."

"괜찮을 거야. 앞으로는 사냥도 같이 나가기로 했으니까. 현성 씨한테도 이미 이야기했고."

"저, 정말 저 같은 게 괜찮을까요?"

"물론."

머리를 살짝 쓰다듬으니 살짝 웃는 모습이 시야에 비쳤다.

그동안의 성과라면 성과라고 할 수 있는 부분.

타인과 접촉하는 걸 어려워하고 무서워하는 그녀가 이 정도 반응을 보여줄 정도라면, 그동안의 노력이 의미 없진 않다는 생각이 들었다.

함께 밖으로 나가기 전에는 도장을 찍고 싶은 심정.

그러나 급하게 다가가면 안 된다는 사실은 이미 알고 있다.

'천천히.'

모래성처럼 허물어질 것 같은 관계를 원하는 게 아니다.

나와 정하얀은 조금 더 단단해져야 한다.

"오빠가 있어서 다행이에요. 마, 만약 저 혼자였다면……."

"아니. 나도 하얀이가 옆에 있어서 얼마나 안심하고 있는지 몰라. 그보다 마력을 움직이는 건 좀 어때? 진전이 좀 있어?"

"네. 일단은요. 안에 있는 게 뭔지 느낄 수 있을 것 같아요. 팔로 보내면 조금 더 힘이 세지는 느낌도 들고."

"마법은?"

"아, 아직은 잘 모르겠어요."

사실 그동안 정하얀에 대한 작업만 진행하고 있는 것은 아니었다.

직업, 방패병에 익숙해지기 위해 무척이나 고군분투하는 박덕구와 마찬가지로 나 역시 내 직업인 마법사에 대해서 조금 더 생각해 보는 시간을 가질 수 있었다.

김현성이 최근 혼자 자주 나가는 것 역시 우리에게 조금이라도 시간을 주려는 의도가 깔려 있을 것이다.

'이미지.'

마법은 마력을 쌓는 이미지화의 결과다. 조금 더 쉽게 이미지하기 위해 필요한 것이 바로 주문이라는 수단.

나 역시 첫 마법을 구현하는 데 꽤나 애를 먹었다. 기본적인 지식은 머릿속에 있지만 정답을 내는데 난항을 겪었기 때문이다.

내부에 있는 일부 마력으로 탑을 쌓는다. 빈틈이 없는 견고한 탑이다. 동시에 머릿속으로는 구현하고 싶은 마법의 이미지를 떠올린다.

떠올리는 것은 손가락에서 피어오르는 불꽃.

"목소리에 응답하라, 화염."

동시에 손가락에서 작은 불꽃이 피어올랐다.

그걸 보며 조금 놀란 표정을 짓는 정하얀이 눈에 들어왔다.

"와……."

"머릿속으로 떠올리는 게 중요한 것 같아. 저장하는 주문은 간결하면 편하겠지만 불가능할 경우에는 조금 장황해도 상관없는 것 같고. 요지는 뭘 떠올리느냐 같아."

단점은 이미지하기 쉬운 주문이 대부분 쓸데없이 장황하다는 것.

중2병이라고 해도 과언이 아닐 주문들을 생각하니 괜스레 얼굴이 붉어졌다.

"그렇군요."

"나 같은 경우에는 스스로 마법을 발현한다기보다는 힘을 빌려온다는 개념으로 이미지하고 있어. 아마 너도 네 방법을 찾을 수 있을 거야. 아니, 지금 당장은 힘들게 느껴질지 몰라도 만약에 직업을 얻는다면 조금 더 쉬워질 거야."

"역시…… 그렇군요."

어쩌면 직업을 얻기 전까지는 마법을 사용할 수 없을지도 모른다. 꽤나 많은 마력을 지니고 있는 김현성 역시 마법을 사용하지 못하는 것을 보면 직업의 한계는 뛰어넘을 수 없는 모양.

그럼에도 불구하고 구태여 정하얀에게 마법 지식을 가르치는 이유는 하나.

'호감도.'

뭔가를 가르치고 배운다는 것만큼 친해지기 쉬운 방법은 없다. 이후에 배우게 될 것을 미리 알려준다고 하더라도 손해는 없다.

"어쩌면 직업을 얻기 전까지는 마법을 사용할 수 없는 걸지도 몰라. 그래도 마력을 쌓는 연습은 차근차근 해보자."

"네. 마, 맡겨주세요, 오빠. 열심히 할게요."

절로 고개가 끄덕여진다.

[마력이 1 올라갑니다.]

[지력이 1 올라갑니다.]

'좋네.'

"아마 사용하면 사용할수록 마력은 계속 늘 테니까. 정말 기대하고 있어."

"네, 넷."

"그럼 오늘은 여기까지 할까?"

"사, 사, 사실 조금 이해가 되지 않는 부분이 있어서……."

"그래?"

"네. 그, 그러니까 최근에 마력이 또 올랐는데요."

설명을 들으며 나도 모르게 정하얀의 상태창을 확인했다. 그동안 어떤 진전이 있었는지 궁금했기 때문이다.

[플레이어 정하얀의 상태창과 잠재 능력을 확인합니다.]

**[이름-정하얀]**

[칭호-없습니다. 조금 더 노력하셔야겠네요.]

[나이-21]

[성향-순수한 옹호자]

[직업-마법사-일반 등급]

**[능력치]**

[근력-11/성장 한계치 희귀 이하]

[민첩-11/성장 한계치 희귀 이하]

[체력-14/성장 한계치 영웅 이하]

[지력-22/성장 한계치 영웅 이상]

[내구-14/성장 한계치 희귀 이하]

[행운-23/성장 한계치 영웅 이상]

[마력-15/성장 한계치 전설 이상]

**[장비-없음]**

**[특성-마법사가 되는 방법-영웅 등급]**

'뭐? 마법사?'

눈에 띄는 것은 마법사라는 직업명이다.

"마력이 잘 움직이지 않아서요."

환하게 웃고 있는 정하얀이 다시 한번 눈에 들어왔다.

'너 뭐야.'

뭔가가 잘못됐다는 걸 눈치챌 수밖에 없었다.

다시 한번 표정을 살펴봤지만 아까와 같다.

아무것도 모르겠다는 듯 웃고 있는 모습이 방금 전까지만 해도 훌쩍거렸던 그녀와 잘 매칭이 되지 않았다. 상태창을 다시 한번 봤지만 달라진 것이 없는 게 당연하다.

절대로 잘못 본 게 아니다.

이미 정하얀은 직업을 얻었다.

'언제부터?'

정하얀의 상태창을 마지막으로 살핀 것은 삼 일 전이었다. 마법에 대해서 강의 아닌 강의를 시작한 날짜와 거의 비슷하다.

그녀가 티를 내지는 않았지만 내가 마법에 대한 이야기를 넌지시 던졌던 순간부터 직업을 얻었을 가능성이 있다.

**[특성-마법사가 되는 방법-영웅 등급]**

[마법에 대한 기초와 기본 지식을 완벽하게 습득합니다. 마력 포인트가 영구적으로 2 올라갑니다. 성장 가능성이 폭발적으로 증가합니다.]

'이건 또 뭐야…….'

특성마저 해괴하기 짝이 없다. 직업을 이해하자마자 관련된 영웅 등급의 특성을 얻은 것이다.

정황상 그렇다고 보는 것이 맞다.

마법에 대한 기초적인 지식을 받아들인 것만으로도 직업을 얻었고 새로운 특성까지 손에 넣은 경우가 있다는 건 처음 본다.

만약 이런 일이 다른 이들에게도 가능했다면 김현성은 이 방법을 선택했을 것이다.

정하얀은 분명 특이 케이스다.

생각이 길어지자 정하얀이 조금 불안한 듯이 나를 응시하기 시작했다.

“저…… 오빠?”

“아, 미안. 잠깐 다른 생각이 들어서. 마력을 움직이는 방법 말이지?”

“네, 네! 오빠 말대로 해봐도 너무 어렵게 느껴져서…….”

어렵게 느껴질 리가 없다.

“마력량이 조금 많아서 그런가? 이상하네.”

먼저 살짝 손을 뻗어오는 것이 보인다.

나는 살짝 올린 정하얀의 손을 잡고 내 안에 있는 미약한 마력을 흘려보내기 시작했다.

그녀의 내부로 들어가 마력을 쌓으려고 했지만 정하얀의 마력은 꿈쩍도 하지 않는다.

단순히 둔한 것이 아니다.

‘막고 있어.’

내가 자신의 마력을 움직이는 것을 의도적으로 억제하고 있다.

인상을 찡그리자 그제야 정하얀의 마력이 내가 간 길로 가고 있다는 것이 느껴졌다.

"여, 역시 오빠는 대단해요."

'얘 진짜…….'

"이미지해 보자."

"네?"

"주문을 이미지해 보는 거야. 손에서 피어오르는 불꽃으로. 아까 내가 한 것처럼 할 수 있겠지?"

"아! 네, 네!"

조건에 맞게 마력은 완벽하게 쌓았다. 여기까지 온다면 작은 불꽃을 이미지하는 것 정도는 그녀에게는 손쉬운 일일 것이다.

그러나 그녀의 마력은 곧장 허물어져 버린다. 시간이 지나거나 실패한 것이 아니다. 정하얀 스스로가 의도적으로 그것을 무너뜨렸다.

"여, 역시 아직은 너무 어려운 걸요. 저, 저는 왜 이럴까요. 이, 이렇게 열심히 가르쳐 주시는데……."

심지어 눈물을 흘리는 모습은 가관.

'뭐가 어떻게 된 거야.'

"아니, 원래는 실패하는 게 당연한 거니까 아직 직업이 없어서 그런 거일 수도 있어. 만약 사냥에 나간다면 더 잘할 수 있을 거야. 그렇지?"

슬쩍 흘린 직업이라는 단어에도 반응하지 않는다.

"한, 한 번 더 해보면 안 될까요?"

"아니. 벌써 시간이 이렇게 됐네. 오늘은 일단 여기까지 하는 걸로 하자. 일단은 나도 할 일이 있으니까."

"약, 약속이라도? 아니면…… 오, 오늘도 혜, 혜영 씨랑 만나시나요?"

박혜영은 이지혜가 이쪽에 붙인 여자였다.

그 날 일이 있었던 뒤로 이지혜가 연결 고리가 될 수 있는 사람을 한 명 보내온 것. 여러 일로 쓸모 있을 거라는 이야기는 들었지만 아직까지 무슨 일이 있었던 것은 아니다.

아직까지는 박혜영을 통해서 집단의 상황이나 내부적인 이야기를 듣는 게 전부.

뭐라고 말을 해야 할지 고민하던 찰나, 밖에서 목소리가 들려왔다.

"기영 씨? 잠깐 시간 괜찮으세요?"

"아, 잠시만 기다려 주시죠."

'박혜영.'

좋은 타이밍인지 나쁜 타이밍인지 알 수가 없다.

다만 정하얀의 표정 변화가 크지는 않다.

"아! 선약이 있으셨네요. 저, 저는 그것도 모르고……."

"아니. 혜영 씨와 약속은 없었어. 무슨 일이라도 있는 모양이네. 일단 자리 좀 비켜줄래?"

"아…… 네."

천천히 자리에서 일어나는 정하얀과 이쪽으로 들어오는 박혜영.

부른 기억은 없는데 무슨 용건으로 온지 궁금해진다.

박혜영을 빤히 바라보는 정하얀의 시선이 느껴지기 시작. 질투심을 이용하는 것은 어느 정도 원하는 바이기는 했지만 이런 식으로는 아니다.

"하얀아, 내일 또 보자."

"아! 네!"

정하얀이 이쪽의 시야에서 사라지자마자 박혜영은 조용히 자리에 앉았다.

"무슨 일이라도 생겼습니까?"

"조금 재미있는 이야기를 들어서 말이에요."

"어떤?"

"다음번에 사냥을 나가실 때는 이쪽에 있는 인원을 차출해서 나간다는 이야기요."

"네. 맞습니다."

"만약 괜찮으시다면 제가 그 자리에 들어갈 수 있을까요?"

꽤나 직접적이다.

자연스럽게 박혜영을 마음의 눈으로 한번 스캔해 봤지만 눈에 띄는 능력치나 특이사항은 없었다.

[플레이어 박혜영의 상태창과 잠재 능력을 확인합니다.]

**[이름–박혜영]**

[칭호–없습니다. 조금 더 노력하셔야겠네요.]

[나이–27]

[성향–계산적인 외교관]

[직업–백수입니다.]

**[능력치]**

[근력–10/성장 한계치 영웅 이하]

[민첩–11/성장 한계치 희귀 이상]

[체력–20/성장 한계치 희귀 이상]

[지력–10/성장 한계치 희귀 이상]

[내구–10/성장 한계치 일반 이하]

[행운–09/성장 한계치 일반 이하]

[마력–00/성장 한계치 희귀 이하]

[종평–눈에 띄는 능력치나 특이사항이 없다는 한심한 소리를 하

고 있을 때가 아닙니다. 전체적인 밸런스가 무척이나 잘 잡혀 있습니다. 근접 직군, 혹은 궁수 같은 원거리 직군으로도 무난한 성장이 가능해 보입니다.]

성향은 계산적인 외교관.

자세히 읽지 않아도 어떤 성향인지 대충 예상이 간다.

나는 잠깐 동안 그녀를 바라본 뒤 말을 이었다.

"글쎄요. 일단은 하얀 씨를 먼저 추천했습니다만."

"역시 남자는 어린 여자가 좋은가 봐요? 제가 더 잘해줄 수도 있는데. 저런 꼬맹이는 재미없지 않아요?"

"어떻게 생각하셔도 상관없겠지만 굳이 그런 이유 때문은 아닙니다."

"어떻게 안 될까요? 그게 우리 사이에 더 도움이 될 수 있을 것 같은데."

우리 사이가 정확히 뭔지 알 수 없다.

아무래도 이지혜에게 이쪽을 여러모로 도와달라는 이야기를 들으면서 쓸데없는 이야기도 함께 들은 모양.

아무래도 박혜영에게는 내가 여자에게 관심이 많은 호색한 정도로 보이는 모양이다.

확실히 능력치도 나름 준수하고 잠재 능력도 나빠 보이지는 않는다. 준수하게 성장한다면 이쪽에 도움을 줄 수 있을지도 모르겠지만 계산적이라는 성향 자체는 마음에 안 든다.

다만 가는 게 있다면 오는 게 있다는 것 정도는 이해하고 있을 것이라고 생각했다.

"이유는?"

"어차피 싸울 수 있는 사람이 필요하잖아요? 덕구 씨와 기영 씨가 이쪽에 들어온 덕분에 상황이 조금 변했거든요. 현성 씨가 우리를 어떻게 해줄 수 있을 거라고 생각하는 건 이제 소수예요. 이곳은 여자도 남자처럼 강해질 수 있는 곳이고 여러 가지 시스템으로 기존의 신체 능력을 강화시킬 수 있는 곳이니까요."

"맞습니다."

"괴물을 무서워하는 건 모두가 마찬가지지만 자기들도 할 수 있다고 생각하는 사람이 늘고 있어요. 본인들끼리 나가보겠다고 뭉치는 사람들도 생겨나고 있고, 어차피 모두가 싸울 수 있는 상태가 된다면 기영 씨 입장에서도 자기 편이 하나 더 늘어나는 건 손해가 아닐 거예요. 만약 하얀 씨가 뭔가 특별한 힘을 얻어서 돌아온다고 한다면 이 현상은 가속화될 거예요."

"꼭 제가 편을 가르고 있다는 것처럼 말씀하시는군요."

"제가 정곡을 찔렀나요?"

"아니요. 신경 쓰지 않습니다. 혹시 지혜 씨도 당신이 여기 온 일을 알고 있습니까?"

"아마 대충은? 지혜 씨 생각을 누가 알겠어요?"

"굳이 저를 찾아온 이유는?"

"말이 통할 거라고 생각했을 뿐이에요. 정하얀 그 계집애만 편애하는 것도 마음에 안 들기도 하고, 만약에 거절하신다고 하면 제 차례가 올 때까지 기다릴 수밖에 없지만."

"무슨 말씀을 하시는지 알겠습니다."

"역시 말이 통하네요."

"현성 씨가 돌아오면 아마 작업을 시작할 것 같습니다. 제가 어떻게든 잘 말해보도록 하죠. 그렇지만 현성 씨가 무리라고 판단한다면 기각될 가능성도 있으니 너무 기대하지 않으셨으면 좋겠네요."

"이런 대답을 들은 것만으로도 충분히 희망적이에요."

"그럼 잘 부탁드립니다."

"저야말로."

"웃긴다. 정말."

"쉿. 듣겠다. 얘."

주변에서 목소리들이 들려왔지만 별로 신경 쓰지 않았다. 오히려 기영 오빠가 있는 곳에 자꾸만 귀 기울이게 된다.

"하얀 씨! 무슨 생각해요?"

"아, 아! 아니. 아무것도……."

"피곤하시면 쉬셔도 돼요. 몸 쓰느라 힘들었을 텐데. 풉. 여기서 일하시면 힘들지 않겠어요?"

"네? 네?"

"모르는 척하는 거 봐."

"하지 말라니까."

무슨 말을 하는지 정확히 알 수는 없지만 이쪽을 향한 적의는 느껴졌다. 별로 피곤하거나 힘이 들지는 않았다. 무척 익숙한 일이었으니까.

생각해 보면 어렸을 때부터 그랬다. 두 언니들에 비해 나는 바보 같았고 어딘가 굼뜨고 멍청했다.

항상 날 돌봐주던 첫째 언니와 무척이나 똑똑했던 둘째 언니. 아마 언니들이 어느 순간부터 연락을 끊은 것 역시 내가 멍청했기 때문일 것이다.

"어휴, 냄새 나."

"취향 한번 참 독특하네. 별로 예쁘지도 않은 게. 아무것도 모르는 척하고 그러니까 여우라는 거 아니겠어?"

"쉿. 그만하라니까. 듣겠다, 야. 달려가서 이르면 어떡하려고 그래?"

"뭐, 해보라지. 이미 질렀을지도 모르지. 아니, 분명히 질렀을걸?”

앞서 들려온 소리에는 괜스레 손이 파르르 떨려왔다.

‘기영 오빠.’

이곳에서 의지할 수 있는 유일한 사람.

방금 전까지 손을 잡고 있던 게 생각나 괜스레 몸이 부르르 떨려왔다.

질렀다?

오빠는 그런 마음으로 자신을 대하고 있는 것이 아니다. 조금 더 다른 이유다.

‘두근거렸지.’

분명히 심장이 터질 것처럼 두근거렸다.

‘여동생 같아서요.’

전에 들었던 말을 생각하니 미묘한 쾌감이 전해진다. 무척이나 생소한 감각이었다. 지금까지 살면서 느껴본 적 없는 감각이다. 망치질을 하는 것처럼 가슴이 쿵쾅쿵쾅 뛰고 괜스레 다리를 배배 꼬게 된다.

감정을 제어하기가 힘들다.

‘내일이면 또 만날 수 있어.’

내일이면 또 만날 수 있다.

다시 한번 단둘이 이야기할 수 있고 귀여움 받을 수 있다.

옛날에 가족과 함께 있었던 것처럼 따뜻함을 느낄 수 있다고 생각했다.

그래. 일종의 마약이다.

직업을 얻은 것을 숨긴 것도, 특성을 얻은 것을 숨긴 것도 전부 기영 오빠와 함께 있을 수 있는 시간이 길어졌으면 했기 때문.

거짓말을 해야 한다는 것 때문에 가슴이 아팠지만 이렇게라도 하지 않으면 혹시 자신을 찾지 않을까 겁이 났다.

들리는 목소리들을 애써 무시하며 괜스레 오빠가 있는 방향을 바라보고 있었던 바로 그때였다.

"어머. 혹시 기다리고 있었어?"

방금 전까지 오빠와 함께 있었던 박혜영.

"걱정됐나 봐?"

"그게……."

"웃긴다, 얘. 아닌 척하는 것 좀 봐. 내가 기영 씨한테 간 게 거슬리는 거잖아."

"그, 그런 생각은 하지 않았어요, 혜영 씨. 오, 오빠가 뭘 하든 딱히…… 저랑은 과, 관계없고."

"표정은 다른데?"

"저, 정말이에요."

"정말이긴. 웃기지 마, 이 계집애야. 네 앙큼한 속을 누가 모를 것 같아? 생긴 건 맹하게 생겨가지고 머리 하나는 잘 돌아간단 말이야. 여기 온 지 얼마 되지도 않아서 저런 대어를 건질 줄 누가 알았겠어? 혹시 그런 얼굴하고선 생각보다 기술이 좋은 건가? 이해할 수가 없네. 아님 그 사람 취향이 이상한 건가? 왜 그런 사람 있잖아. 모자라 보이는 사람한테 관심 가지는 사람. 풉."

무슨 소리를 하는 건지 정확히 이해할 수 없었다.

"또 그 표정. 정말로 마음에 안 들어."

"미, 미안해요."

"뭐가 미안한데? 어차피 속으로는 전부 바보 취급하고 있으면서."

"그, 그건 아니에요. 저는 단지……."

"기영 씨가 정말 너를 좋아하는 것 같아? 그래서 너를 아껴주는 걸로 보여?"

"그, 그런 게……."

"착각하지 마, 이 계집애야. 너는 정말로 운이 좋은 거야. 어쩌다가 첫 번째로 눈에 띄었을 뿐이고 어쩌다 보니까 얽혔을 뿐이야. 너는 잘 모르겠지만 나는 저런 타입이 어떤 사람인지 잘 알거든. 애초에 이기영 같은 인간은 사람을 잘 안 믿어. 쉽게 질려하고 더 이상 필요하지 않게 되면 가차 없이 버리지."

"오, 오빠는 그렇지 않아요. 그리고……."

"그렇게 믿고 싶은 거겠지. 그렇게 믿는 게 너한테 도움이 되니까. 그런데 어쩌려나. 아마 내 말이 맞을걸? 지금 당장은 괜찮을지 몰라도 시간이 조금 지나면 달라질 거야. 내가 보기에는 너는 좀 질리는 타입 같거든. 풉. 그런 소리 안 들어봤어?"

입술을 꽉 깨물었다.

무척이나 혼란스럽다. 머리가 굉장히 뜨겁다. 입으로는 무어라고 소리치고 싶지만 목소리도 잘 나오지 않는다.

다만 몸이 계속해서 부들부들 떨렸다.

"그런 표정은 처음 보는 거 같은데. 혹시 화났어? 내가 정곡을 찔렀나 봐? 너, 항상 버림받는 쪽이었지?"

"아, 아, 아, 아니에요."

"아니긴. 얼굴에 다 적혀 있는데. 아니면 많이 뺏기게 되는 쪽인가? 어느 쪽이든 비참하기는 마찬가지네. 있잖아. 네가 언제나 첫 번째일 거라고는 생각하지 마. 저기, 네가 보지 못한 곳에서 무슨 일이 있었을 것 같아?"

천천히 박혜영의 얼굴이 가까워졌다. 이윽고 귀에 살짝 속삭이는 목소리가 들려온 순간, 자신도 모르게 큰 목소리가 튀어 나왔다.

"기영 씨 말이야, 생각보다 괜찮더라."

"거, 거짓말하지 마세요!"

"어머, 들켰네?"

눈에서는 자꾸만 눈물이 차오른다. 어떻게, 무어라고 반박

하고 싶었지만 자꾸만 뭔가가 목을 막고 있는 것 같다.

저 여자의 말이 맞다.

부모님에게도 언니들에게도 버림받았다.

함께 지냈던 친구들과도, 좋아하는 사람과도 하나같이 전부 멀어졌다.

어쩌면 나는 정말로 질리는 타입일지도 모른다.

항상 실수만 저지르고 말도 제대로 하지 못한다. 따돌림은 일상이었고 혼자 있는 시간이 편하다.

그래도.

'오빠는 아니야.'

오빠는 그런 사람이 아니다. 지금까지의 사람들과는 조금 다르다. 만나 봤던 사람들과는 본질적으로 다르다. 가족 같다고 했다. 여동생 같다고 해줬고 아껴주고 싶다고 말했다. 항상 매일 신경 써주고 자신을 돌봐줬다.

덕구 씨도 그렇다고 말해줬다.

오빠가 나를 아낀다고 매일매일 이야기해 줬다. 실수해도 괜찮다고, 더 잘할 수 있다고 항상 응원해 줬다. 바보 같은 질문에도 웃으면서 대답해 줬고 조용히 지켜봐 주었다.

"그, 그럴 리가 없어요."

"그건 네 희망사항인 것 같은데? 솔직히 충분히 일어날 수 있는 일이지. 내가 경고 하나 할게, 동생. 원하는 게 있으면 버림받기 전에 빨리 빨아먹는 게 좋을 거야. 안 그러면 전부 빼앗겨 버릴걸?"

"그, 그만 하세요. 오, 오빠를 그런 식으로……."

"싫어."

히죽이는 입가의 미소를 보는 순간, 어깨를 툭 하고 밀치는 감각이 느껴졌다.

자연스럽게 몸이 뒤로 밀쳐진다.

땅에 엉덩방아를 찧고 뒤돌아봤지만 이미 저 멀리 향하고 있는 박혜영의 뒷모습만이 시야에 비친다.

동시에 여기저기에서 목소리가 쏟아져 들어왔다.

"꼴좋다."

"방금 뭐야?"

"아무래도 우리 순진한 창녀는 곧 버림받는 모양이네."

"그만해. 듣겠다, 얘."

"뭘 그만해? 방금 이야기 못 들었어? 조만간 또 혼자가 될 텐데. 그러면 또 누구한테 붙으려나? 아! 이제는 붙을 사람도 없으려나. 차라리 석우 씨한테 붙는 게 좋았을 텐데. 지 주제를 알아야지. 저러니까 혼자지."

"이제 쓸쓸해서 어떡하나."

그럴 리가 없다.

'그럴 리가 없어.'

오빠가 나를 버릴 리가 없다.

항상 같이 있어 준다고 말했던 오빠가 그렇게 나를 버릴 리 없다. 가족 같다고 말해줬던 오빠가 나를 버릴 리가 없다.

'글쎄. 정말로 그럴까?'

하지만 머릿속에서는 그 여자의 목소리가 계속해서 귓가에 울려 퍼진다.

"그럴 리 없어!"

"뭐야? 방금?"

"쟤 방금 소리 지른 거 맞아? 정말로 화났나 본데?"

"이제 슬슬 본성 나오는 거지, 뭐. 킥."

그럴 리가 없다. 오빠가 나를 버릴 리가 없다. 오빠는 다른 사람들과 틀리다. 항상 따뜻했고 항상 다정했다.

'언니도 널 버렸잖아.'

"아, 아니야."

'아니긴 부모님도 널 버렸고.'

"그런 게 아니야. 오빠는 달라. 오빠는 달라."

틀림없이 다를 것이다.

가슴을 진정시키기가 굉장히 힘들다. 숨이 잘 쉬어지지 않는다. 호흡이 점점 가빠지고 정신이 혼미해졌다. 눈물이 차올랐지만 뺨을 타고 흘러내리지는 않았다.

주위에서 자신을 비웃는 소리가 들려온다. 저런 소리는 별로 신경 쓰이지도 않는다.

그것보다는 조금 더 다른 게 필요했다.

발걸음이 향하는 곳은 오빠가 있는 곳이다.

'잠깐이면 되겠지? 모르는 게 있다고 하고 찾아가면 만나줄 거야.'

분명히 만나줄 것이다.

조금이라도 얼굴을 봐야 진정될 것 같은 느낌.

정신없이 발걸음을 옮기던 그때, 어디에선가 목소리가 들려왔다.

이지혜의 목소리였다.

"잠깐 모여주세요, 여러분."

"네."

"내일 현성 씨와 덕구 씨, 기영 씨가 밖으로 나갈 때 이곳에 있는 인원을 차출해서 나갈 계획이라고 하시네요. 자세한 이야기는 현성 씨한테 들으면 될 것 같고 오늘 지명받은 사람은 나름 준비를 하시는 게 좋을 것 같습니다."

그러고 보니 함께 나간다고 들은 적이 있다.

조금 더 같이 있을 수 있다는 생각이 들었다.

어째서 저걸 잊고 있었는지 알 수 없다. 이제는 함께할 수 있는 시간이 조금 더 늘어날 것이다.

'다행이다.'

고개를 돌리자 이지혜의 뒤에서 김현성 씨와 덕구 오빠, 기영 오빠가 함께 나오고 있는 것이 시야에 비쳤다.

'오빠.'

평소와는 조금 다른 진지한 얼굴이지만 뭔가 안정되고 있다. 심장은 쿵쾅쿵쾅 뛰었지만 머리가 아프거나 어지럽지 않았다. 아까 느꼈던 답답한 기분은 눈을 마주치는 것만으로 전부 해소되어 버렸다.

이해할 수 없는 기분에 괜스레 얼굴이 붉어졌다.

'이곳을 봤어.'

틀림없이 이곳을 응시하고 있었다.

웅성거리는 소리가 잦아들자 김현성이 조용히 입을 열었다.

"일단 바쁘신 와중에도 이렇게 여러분을 모이게 해 죄송합니다. 여러분도 대충 인지하고 계시겠지만 이곳에서 계속해서 생존하는 것은 무리가 있습니다. 식량 수급은 나날이 줄고 있고 생존자는 계속해서 늘어나고 있지요. 스타트 포인트에서 가져온 식량과 식수가 있지만 그 양이 넉넉하지는 않습니다. 저희는 조금 더 활동 반경을 넓혀야 할 필요가 있다고 생각했습니다."

"아……."

"싸울 수 있는 인원이 지금보다 더 늘어나야 합니다. 물론 여러분이 괴물을 무서워하고 있다는 것은 압니다. 싸움에 익숙하지 않은 분들도 있고 이곳을 떠나고 싶지 않은 분도 계시겠지요. 그렇지만 일단 움직여야 합니다. 안 좋은 말씀을 드리고 싶지는 않습니다만, 만약 그렇게 되지 않는다면 결국에는 모두 당할 겁니다. 해서 저희는 순차적으로 여러분들과 함께 밖으로 나가는 것이 옳다고 판단을 내렸습니다."

김현성 다음으로 입을 연 것은 기영이 오빠였다.

"무엇을 두려워하는지 이해합니다. 그렇지만 싸워야만 얻을 수 있는 것들이 있습니다. 알고 계시겠지만 여기는 저희가 살았던 지구가 아닙니다. 상태창이나 시스템 특성이나 직업 같은 것들이 뭘 뜻하는 건지 잘 알고 계시리라 생각합니다. 불꽃."

기영 오빠의 손바닥에서 불꽃이 화르륵 불타올랐다.

주변 사람들의 눈이 커다랗게 변했다.

"어떻게 된 건지는 정확히 알 수 없지만 상태창에서 가리키는 제 직업은 마법사입니다. 아직은 다룰 수 있는 마법이 많지 않지만, 저 역시 여러분과 다를 바 없는 평범한 사람입니다. 놈들이 무서워 도망치고 녀석들과 마주치기 싫어 숨어 다니기도 했습니다. 처음에는 분명 운이었지만 두려워하지 않고 싸우면, 얻을 수 있습니다. 집단이 강해지면 우리들 모두가 강해질 수 있고 종국에는 이곳을 탈출할 수도 있을 겁니다. 조금 더 주체적으로 움직여야 합니다."

"오오오오."

"일단은 시범적으로 두 사람을 함께 데리고 가도록 하겠습니다. 하얀 씨."

"아……."

"그리고 혜영 씨."

"네. 잘 부탁드려요."

"일단은 두 분을 데리고 갑니다. 안정적으로 두 분이 일정 수준에 도달하게 되면 다시 조를 나누고 다음 사람을 데리고 갈 겁니다. 질문 있습니까?"

"무슨 기준으로 선정하신 건지 설명해 주시면 감사하겠습니다."

"가능성. 그리고 여러분의 불안감을 해소시키기 위해서 이기도 합니다."

"저희끼리 사냥을 나가는 건……."

"여러분의 자유 의지를 막고 싶지는 않지만 추천하고 싶지는 않군요."

웅성거리는 소리가 들려왔지만 제대로 들리지 않았다.

그것보다는 박혜영, 그 여자의 모습이 시야에 들어온다.

다른 사람도 함께 간다곤 들었지만 저 여자도 함께 가게 될 줄은 예상하지 못했다.

"언니, 축하해요."

"다치시면 안 돼요."

"현성 씨, 기영 씨, 덕구 씨도 함께 가니까 아마 괜찮을 거야. 조금 무섭기는 하지만 이겨내야지. 싸울 수 있는 사람이 늘어나면 좋은 거니까."

사람들에게 둘러싸인 채 축하받고 있다. 부럽지는 않다. 다만 기분이 괜스레 이상해진다.

'빼앗지 마.'

서둘러 다시 단상 위를 올려다보니 오빠 역시 박혜영을 바라보고 있었다. 입가에는 살짝 미소가 걸려 있다.

아까 들었던 목소리가 다시금 떠오르는 것은 물론 호흡이 계속해서 가빠진다.

'질리기 쉬운 타입이니까.'

박혜영이 단상 위로 달려가 다른 이들에게 악수를 건넨다.

'버림받을 거야.'

'빼앗겨 버릴걸?'

'언니들도 너를 버렸잖아.'

'부모님도 말이야.'

'그만해. 그만해. 그만해.'

'너는 결국.'

'그만.'

'버림…….'

'싫어.'

그렇게 오빠가 박혜영의 손을 맞잡는 순간.

안에서 뭔가 무너진 것 같은 느낌이 들었다.

# 4장
# 인간이 다섯이나 모이면 꼭 하나는 쓰레기가 있게 마련이다

'나쁘지 않은데.'

마법을 보여준 건 나쁘지 않은 선택지였다.

김현성이나 박덕구는 확실히 강하다.

그러나 그 강함이 시스템에서 오는 강함인지, 아니면 본래 강한 것인지 애매하게 비칠 때가 있다. 당장 새로운 힘을 얻을 수 있다고 광고하며 방패를 들어봤자 그다지 와닿지 않는 것이 당연하다.

그에 비교하면 마법은 조금 다르다.

아무것도 없는 허공에서 불덩어리가 튀어나왔다. 기존의 상식을 완전히 파괴하는 모습이고 눈으로 보고도 제대로 믿지 못할 광경이다.

웅크려 있던 이들을 굴속에서 빠져나오게 하기 위한 최고의 방법이었다.

조용히 열광하는 사람들을 보자 김현성이 중얼거렸다.

"성공적이군요."

"아마 조금 달라진 정도일 겁니다. 싸우기 싫어하는 사람은 여전히 두려워할 테고요. 어쩌면 새로운 힘을 얻을 수 있다는 생각에 다소 무리하는 이들도 생기겠지요."

"그래도 굶어 뒤지는 거보다는 나을 거요, 형님."

"그래. 그럴지도."

박혜영이 단상으로 올라오고 있는 게 시야에 비친다. 여러 사람에게 축하를 받고 있는 모습.

"혜영 씨와 하얀 씨가 성공적으로 귀환한다면 아마 그 현상은 더욱 가속화될 겁니다."

그만큼 이번 원정은 김현성에게 중요하다.

도대체 이 던전의 공략이 어떤 식으로 진행되는지는 아직 알 수 없지만 김현성 혼자만의 힘으로는 부족하다고 생각하는 것이 맞다.

애초에 지금 당장의 능력치는 박덕구보다 조금 나은 수준.

마력이 높지만 다수의 괴물을 한꺼번에 상대할 수 있을 정도는 아니다.

혼자서 많은 일을 떠안고 있는 만큼, 최소한 쉼터 주위의 놈들을 처리하는 건 타인에게 맡기고 싶을 것이다.

'쓸데없는 책임감.'

그것만 아니었다면 놈은 한발 더 앞으로 나아갔을지도 모른다.

잠깐 다른 생각을 하고 있는 사이, 이쪽으로 올라온 박혜영은 김현성과 박덕구, 내 손을 차례대로 잡으며 인사를 했다.

"잘 부탁드려요."

"저야말로."

친화력이 꽤나 좋은 건 인정한다.

대충 영업용 미소를 지으며 그녀를 바라보자 박혜영 역시 이쪽의 손등을 만지며 신호를 보내는 것이 보였다.

그녀보다는 정하얀이 더 중요한 것이 당연하다.

고개를 돌리자 조용히 이쪽을 응시하는 정하얀을 바라볼 수 있었다.

'뭐.'

지금까지 봐왔던 표정과는 조금 다르다. 가라앉은 표정으로 박혜영을 바라보는 정하얀의 눈을 들여다본 순간 잠깐이지만 등 뒤로 찌릿한 감각이 느껴졌다.

'뭐야.'

순간적으로 온몸에 소름이 돋은 것이다.

'방금 뭐야.'

"형님 어디 아프쇼? 식은땀이……."

"조금 몸이 안 좋아서……."

"거, 내일이 당장 원정일인데 오늘은 푹 쉬쇼. 매일 그렇게 공부하니까 그런 거 아니요."

"알겠다."

"쯧. 누가 샌님 아니랄까 봐. 요즘 먹는 게 부실한 거요? 따, 딱히 형님이 걱정되는 건 아닌데 뭐, 내 몫이라도 좀……."

박덕구가 중얼거리는 건 관심 없다.

서둘러 고개를 돌려 다시 한번 정하얀을 바라본다.

평소와 같은 눈.

'착각인가?'라고 생각해 봤지만 틀림없이 잘못 본 게 아니다. 이쪽을 바라보며 바보처럼 웃고 있는 모습이 시야에 들어온다.

'뭐야.'

뭔가 잘못됐다. 정확히 뭔지는 모르겠지만 무언가 불안한 느낌에 나는 침을 삼켰다.

"다시 한번 말씀 드리겠습니다. 덕구 씨는 가장 앞, 그 뒤로는 현성 씨와 혜영 씨가. 뒤로는 하얀 씨와 제가 따라가겠습니다. 전투 방법은 간단합니다. 방패로 앞을 막고 제가 뒤를 막습니다. 현재 쉼터 주변에는 녀석들이 많이 몰려 있지 않은 만큼 이곳에서 조금 앞으로 나아간 이후에 사냥을 하도록 하겠습니다. 질문은?"

"없소."

"없습니다."

"저도 마찬가지예요."

"네, 네."

벌써 몇 번째 같은 브리핑의 반복이다.

본래 나, 박덕구, 김현성이 나갈 때와는 그 내용이 다르다.

김현성이 이번 원정을 얼마나 중요하게 생각하는지 알려주는 대목이리라.

새로운 인원 2명을 들인 게 전부가 아니다. 이번 사냥이 얼마나 효과적으로 성공하느냐에 따라서 쉼터 안에 있는 집단의 향방이 달라진다.

모두가 무사 생환한다면 쉼터 안에 있는 이들은 조금 더 자신감을 얻을 것이고 만약 무슨 일이라도 터진다면 일이 조금 복잡하게 흘러갈지도 모른다.

인원 배치 역시 의도가 숨겨져 있다.

'점수라도 따고 싶은 거겠지.'

김현성의 목적도 내 목적과 상당히 비슷하다.

정하얀을 얻는 것.

물론 이성적으로 그녀를 노리는 것은 아니다. 녀석의 목적은 어디까지나 이미 확정되어 있는 미래에 강자와 친분을 만들어 놓는 것이다.

'정하얀.'

정리하자면 집단의 무사 귀환 그리고 전설급의 재능을 가지고 있는 마법사와의 친분.

굳이 위치 선정 하나에 반발할 이유도 없고 초조하게 생각할 필요도 없다.

'상황을 지켜보는 게 우선.'

그때 봤던 정하얀의 눈.

내 착각이라면 좋겠지만 정하얀에게서 조금 떨어져 그녀를 지켜봐야 할 필요성이 있다고 느꼈기 때문이다.

"하얀 누님을 안쪽으로 집어넣는 게 더 낫지 않겠소? 형님이랑 같은 포지션에 있는 게 가장……."

"아니. 이대로 간다. 이게 가장 좋은 포지션이야."

"뭐, 형님이 그렇게 말한다면야."

"현성 씨는 우리가 생각하는 것보다 더 강해. 애초에 전방에서만 놈들을 사냥하는 게 가장 이상적인 만큼 하얀이를 가장 뒤로 두고 현성 씨로 보험을 둔다. 둘러싸이는 경우만 아니라면 이게 가장 효율적일 거다."

“네. 그 말이 맞습니다.”

김현성이 내 말에 동의하듯 고개를 끄덕였다.

뭔가 점수 딴 느낌이기는 하지만 아무래도 좋다.

살짝 얼굴을 구기고 있는 정하얀을 바라보며 김현성은 조용히 입을 열었다.

“너무 걱정하지 않으셔도 됩니다.”

“네? 아…… 네.”

“그럼 저는 기영 씨와 함께 오붓하게 있으면 되는 건가요?”

“혜영 씨는 기영 씨를 잘 보조해 주시면 됩니다. 무기는 창이 적당하겠군요.”

“네. 알겠어요.”

“그럼 이만 출발하도록 하죠. 길은 미리 알려드린 대로…….”

“어, 어디였더라?”

“제가 알려주도록 하겠습니다.”

이곳 지리 정도는 이미 머릿속에 넣어두었다.

박덕구가 고맙다는 눈길을 보내왔다.

애초에 주변에 관심이 없는지 아니면 나를 지나치게 의지하는지 모르겠지만 머리 쓰기가 귀찮은 모양이다.

그러나 커다란 나무 방패를 들고 일어선 녀석을 보니 굉장히 듬직해 보인다. 단순히 외관으로 본다면 김현성보다는 박덕구에게 더 점수를 많이 주고 싶을 정도.

장비는 내가 만들어준 엉성한 가죽갑옷이나 스타트 포인트에서 주워온 방패가 전부지만 그리 나쁘지 않아 보인다.

“그럼 출발해 볼까.”

“그렇게 하도록 하죠.”

다들 살짝 고개를 끄덕였다.

박혜영이나 정하얀 같은 경우에는 아무래도 조금 긴장한 모양이다. 스타트 포인트에서 만났던 괴물을 직접 만난다고 생각하면 두려운 것이 당연하다.

나는 바로 옆에 있는 박혜영에게 툭 던지듯 위로의 말을 내뱉었다.

“너무 걱정할 필요 없습니다.”

“티 났나요?”

“스타트 포인트 때처럼 놈들이 한꺼번에 몰려오는 경우는 없습니다. 이미 어느 정도 정리가 된 지역이기도 하고 전방에서 덕구가 막고 있는 괴물들을 차분하게 창으로 찌르면 끝입니다. 조금 무섭겠지만 아마 해낼 수 있을 겁니다.”

“생각보다 상냥하시네요.”

당연히 그럴 수밖에 없다.

‘네가 패닉을 일으키면 뒈지는 건 나니까.’

전투 중에는 무슨 일이 일어날지 모른다. 혹시라도 내가 저 여자의 눈 먼 창에 찔릴지 누가 알겠는가.

살짝 뒤돌아보니 정하얀에게 말을 거는 김현성이 시야에 비친다. 역시나 이것저것 신경 써주는 모양인 것 같지만 정하얀은 김현성에게 별 관심이 없는 것 같다.

조용히 고개를 숙여 외면하거나 단답형으로 대답하는 바람에 의사소통에 난항을 겪고 있는 것 같았다.

정하얀과 가까워지기 위해 노력했던 인고의 시간이 떠오른다.

살짝 눈을 마주치곤 웃자 정하얀 역시 무척이나 기쁜 표정으로 고개를 끄덕이는 모습. 적어도 그녀와의 관계에서는 내가 더 우위에 있다고 생각하니 기분이 좋아진다.

"어머, 한눈파시는 거예요? 파트너는 나 아니었나?"

"잠깐 후방을 확인했을 뿐입니다. 그리고 이동 중에 지나친 잡담은……."

"네. 알고 있어요."

그때였다.

"놈입니다. 준비를."

"뭐, 알겠소."

뒤쪽에서 김현성의 목소리가 들려왔고 앞에서 박덕구가 중얼거렸다. 여전히 긴장하는지 박덕구의 몸에 힘이 들어간 것이 보인다.

"덕구 씨가 놈을 막고 있는 사이 혜영 씨가 놈을 처리합니다. 기영 씨는 혹시 일어날 상황에 대비를."

고개를 끄덕였다.

여유로웠던 박혜영의 얼굴에 조금의 공포와 긴장감이 감돈다. 우리가 있다고 해도 마무리를 해야 하는 것은 박혜영, 그녀다.

무섭지 않은 것이 이상하리라.

왼쪽에서 들려오는 목소리는 하나.

"덕구야, 왼쪽에 바로 있을 거다."

"알고 있소, 형님."

뛰어든 박덕구가 곧바로 코너를 돌아 방패로 놈을 밀어붙였다.

콰직!

하는 소리와 함께 놈이 막다른 벽과 방패 사이에 막힌다.

박혜영은 나를 따라 들어오기는 하지만 여전히 당황한 듯한 모습.

"게에에에엑!"

"제기랄. 여전히 짜증 나는 면상이구먼."

"뭐 해요?"

부들부들 떨고 있는 팔, 후들거리는 다리.

무슨 상황인지 정확히 알 수 있다.

오줌을 지리지 않은 게 용할 지경.

“어, 어떻게.”

“찔러요.”

“거, 빨리 해결하쇼. 버티기 힘겹소.”

“아…….”

지금껏 보여줬던 다소 여유로운 모습은 온데간데없다. 그나마 눈은 살아 있지만 몸이 말을 듣지 않는 것처럼 보인다.

자신조차 자신이 왜 이러는지 알 수 없을 것이다.

‘멍청해 가지고…… 센 척하더니.’

나는 그녀의 팔을 뒤에서 살짝 붙잡았다. 떨리는 손으로 창을 붙잡고 있는 박혜영의 손을 꽉 잡으니 그녀의 떨림이 잦아든다.

그녀의 귀에 속삭인다.

소리를 지를 수 있는 상황도 아니고 윽박지르는 것보다는 조용히 전달하는 게 더 효과적이라고 생각했기 때문이다.

“다음번에도 이렇게 하면 다 돼지는 거야. 알아듣지?”

“네.”

“팔에 힘줘.”

팔에 꽉 들어간 힘.

박덕구가 막고 있는 괴물을 향해 창을 천천히 내지르니 박혜영의 팔이 그대로 딸려 들어온다.

내지르는 것은 나지만 그녀 역시 감촉을 느끼고 있을 것이다.

푸욱!

하는 소리와 함께 정체불명의 액체들이 울컥울컥 튀어나오기 시작.

소름이 끼쳤는지 창을 놓아버리려는 박혜영의 팔을 다시 한번 꽉 붙잡았다.

"아직 안 죽었어. 힘 빼지 마."

"게에에에엑!"

아직까지 발버둥을 치고 있는 녀석은 고통스러운지 아니면 화난 건지 자신을 막고 있는 박덕구를 할퀴려고 했다.

다시 한번 박혜영의 손을 위에서 잡은 채 창을 내지른다.

역시나 기분 나쁜 감촉이다.

"고기라고 생각해."

"네. 네."

푸욱!

콰직!

계속해서 창을 내지른다.

이미 놈은 미동이 없지만 이렇게라도 적응시키는 게 효과적이다.

조금 시간이 지난 이후에 박덕구는 살짝 방패를 떼고 괴물과 멀어졌다.

나 역시 박혜영의 손을 붙잡고 있는 팔을 살짝 내려놨다.

자연스럽게 괴물은 허물어진다. 그럼에도 불구하고 그녀는 계속해서 놈을 향해 창을 내지르는 중이다.

공포심에서 벗어나기 위함인지는 모르겠지만 입술을 꽉 깨문 채 창을 부여잡은 손에 힘을 주었다.

'이해할 수 있지.'

애초에 생명의 빼앗는 행위 자체가 낯설 수밖에 없다.

아무리 상대가 괴물이라고 한들, 그게 달라지는 것이 아니다.

결국 소름 끼치는 소리가 한참이나 들려온 이후에야 탈진한 듯 헐떡거리는 소리가 들려왔다.

속으로는 별생각을 다 하고 있을 것이다.

나는 주저앉아 있는 박혜영에게 다가가 조심스럽게 입을 열었다.

"수고하셨습니다."

대답은 들리지 않았다.

"거, 오늘따라 놈들이 보이지 않는 것 같지 않소. 형님?"

"그동안 현성 씨가 이곳 주변을 정리해 놨었으니까. 아니라면 다른 쪽으로 몰려갔을 수도 있겠지."

"다른 곳에 생존자들이 있다는 소리요?"

"글쎄."

박덕구 녀석이 궁금한 듯이 중얼거렸다.

단순한 추측일 뿐이지만 아예 말이 안 되는 소리는 아니다.

이곳이 이 정도로 한산한 것을 보면 다른 지역에서 큰 소란이 일어났고 그곳으로 놈들이 몰려갔다고 생각하는 것이 옳다.

김현성도 비슷한 생각을 하는 것 같았지만 당연히 박혜영과 정하얀을 데리고 가기에는 무리가 있다고 생각하는 것 같았다.

놈들의 규모나 위치를 모르는 상태에서 함부로 움직이는 것은 위험하다고 판단한 것이다.

결국 김현성이 작게 고개를 끄덕이며 입을 열었다.

"아무래도 오늘은 이곳에서 야영을 하는 게 좋을 것 같군요."

"네. 그렇게 하도록 하죠."

대충은 예상하고 있던 바, 장소를 찾고 움직이고 쉴 만한 캠프를 꾸리는 것은 순식간이었다. 텐트 따위는 없지만 적당히 밀폐된 공간은 그나마 안정감을 심어준다.

"첫 번째로는 혜영 씨와 기영 씨가 그리고 저와 하얀 씨, 마지막도 제가 덕구 씨와 함께 서겠습니다."

"괜찮겠소?"

"네. 충분합니다."

굳이 사서 고생하겠다는데 막을 이유는 없다.

'첫 번째는 나쁘지 않지.'

체력 능력치가 높은 저들과는 달리 거지 같은 능력치를 가지고 있는 나는 충분하다 못해 넘치는 휴식이 필요하다.

김현성의 체력 능력치나 마력 능력치를 생각한다면 하루 정도 밤을 새우는 것 정도는 일도 아닐 것이다.

"들어가셔도 됩니다."

"형님, 고생하쇼."

"수, 수고하세요."

들려오는 목소리에는 대충 고개를 끄덕인다.

정하얀을 비롯한 나머지 인원이 천천히 안쪽 석실로 들어간 이후에 나는 천천히 박혜영을 볼 수 있었다.

뭔가 얼이 빠진 느낌.

아무렇지도 않은 척하는 거 같지만 개인적으로는 충격이 컸을 수도 있다고 생각했다.

괴물이 저질렀던 비명이나, 죽을지도 모른다는 공포, 창을 내질러야 한다는 현실이나 손에서 느껴지는 감촉까지.

소름이 돋는 것이 당연하다.

이미 스타트 포인트에서 한 번 느꼈던 감정을 다시 느꼈을 수도 있고 어쩌면 혈액이나 놈의 내장이 튀어나오는 모습에 충격을 받았을 수도 있다.

어차피 다음 불침번이 오기 전까지는 시간도 많이 남은

상황.

몇 마디 건네 위로하는 것도 나쁘지 않으리라.

"별거 아니라고 생각하시면 됩니다."

"네?"

"어차피 이곳으로 떨어진 이상 한 번은 겪어야 했을 일입니다. 남들보다 조금 더 빨리 경험했다고 생각하시면 편하시겠네요."

"네."

처음과 비교하면 기가 꽤나 죽어 있는 모습.

"처음에는 할 수 있다고 생각했는데……."

"다들 그럴 겁니다. 아마 적응하시면 편해지실 겁니다."

"기영 씨는 어떠셨나요?"

"사실 잘 기억나지 않습니다. 움직이지 않으면 죽는다는 생각밖에 없어서 무작정 돌로 내려찍었죠. 무섭기는 했습니다만…… 필요했다고 생각합니다. 손은 물론 온몸이 괴물들의 내장과 뇌수로 범벅이 되어버려 냄새 때문에 고생했죠."

죽기 아니면 살기라는 생각밖에는 없었다.

반쯤은 도박이었을 것이다.

박덕구가 나를 두고 도망치지는 않을 거라 생각했고 놈을 움직이게 해야 된다고 생각하기도 했다.

아드레날린이 머리끝까지 올라왔었던 상황이었다.

“아……. 아무렇지도 않을 거라고 생각했던 제가 우습네요.”

“뭐, 확실히 이쪽에 도움을 주니 어쩌니 같은 소리를 하긴 했죠.”

기대했던 만큼 실망도 조금 있다.

“그건 거짓말은 아니에요. 불러주신 만큼 잘할 수 있을 거라고 생각했는데…….”

나도 그럴 줄 알았다. 성향도 나쁘지 않았고 능력치도 준수했다. 은혜를 베풀면 그만큼 이쪽에 돌아올 게 있다고 생각해서 무리하게 한 명을 더 집어넣었는데 뚜껑을 열어보니 속 빈 강정.

나와 박덕구, 김현성이 아무렇지도 않게 바깥에 왔다 갔다 하는 것을 보니 우리가 하는 일이 쉬워보였을 수도 있었을 것이다.

내 입장에서는 굳이 박혜영에게 투자할 이유는 없다.

박덕구라는 든든한 녀석이 있기도 했고 조금 불안하기는 하지만 정하얀이라는 마법사와 회귀자 김현성과도 끈을 만들었다.

구태여 박혜영을 도와주려고 했던 건 혹시나 보험을 던져본 것에 불과하다.

그렇지만 자꾸만 이런 식으로 겁을 집어먹는 건 그녀에게도, 나에게도 별로 도움이 되지 않을 것이다.

“아까 뒤에서 잡아주셨을 때 조금 기뻤어요.”

그러고 보니 바보처럼 부들부들 떨고 있었던 모습도 기억에 남는다.

정신이 없어 말을 막한 것도 기억.

그렇지만 대충 고개를 끄덕일 수밖에는 없었다.

“정신이 없어서 조금 험한 소리를 했던 것 같은데, 신경 쓰지 않으셨으면 합니다.”

“네. 무, 물론.”

“그리고 도와주는 건 이번이 처음이자 마지막입니다. 다음은 혼자서 하셔야 할 겁니다.”

“네…….”

이쪽을 빤히 바라보는 박혜영이 시야에 비친다.

뭐, 눈싸움이라도 하자는 건지 알 수가 없을 지경.

침묵이 꽤나 길어진다. 시간이 조금 지난 이후에 다시 한번 입을 열려고 했을 때 뒤에서 목소리가 들려왔다.

“오, 오빠…….”

“기영 씨, 혜영 씨. 교대할 시간입니다.”

김현성과 정하얀이 바깥으로 나온 것이다. 시간이 이렇게 오래 지났을 줄은 예상하지 못했다.

“조금 일찍 나오셨네요. 조금 더 주무셔도 될 텐데.”

“아닙니다. 마침 잠에서 깨버려서요. 아침에 깨워드릴 수 있도록 하겠습니다."

"감사합니다, 현성 씨."

김현성과 조금 멀찍이 떨어져 있는 정하얀에게 다가가 살짝 머리를 쓰다듬으니 고개를 숙이며 얼굴을 붉히는 것이 보인다.

평소의 정하얀이다.

박혜영을 바라보는 눈동자 역시 별반 다르지 않은 것을 보니 저번에 봤던 것은 어쩌면 이쪽의 착각일 수도 있다고 생각했다.

"그럼 고생해, 하얀아."

"네? 네, 네, 오빠!"

조금 목소리가 크다. 본인도 깜짝 놀랐는지 입을 막고 있는 모습은 조금 귀엽게 보였다.

작게 고개를 끄덕인 이후에는 곧바로 안쪽으로 자리를 옮기자 드르렁거리며 코를 골고 있는 박덕구가 보였다.

'세상 편하게 자네.'

이런 환경에서 저렇게 잘 수 있다는 것도 어떻게 생각하면 축복일 것이다.

박혜영은 미리 비치된 자리에 가서 살짝 몸을 눕혔고 나 역시 박덕구와 조금 떨어진 곳에 자리를 잡았다.

괜스레 생각이 많아진다.

이 사냥이 끝난 이후에 변화할 집단이나 김현성이 무슨 생각을 하고 있는지.

정말로 이곳을 빠져나갈 방법은 있는지.

공략이라고 한다면 어떤 식으로 어떻게 진행되는 것 따위의 일 말이다.

이미 직업을 얻은 정하얀이나 김현성의 회귀 사실, 과거에는 무슨 일이 있었는지에 대해서, 튜토리얼의 끝난 이후에 이야기나 이지혜와는 앞으로 어떤 관계를 유지해야 할지…….

이대로 잠을 못 자면 어떡하지, 라고 생각했지만 내 걱정은 기우에 불과했던 모양이다.

애초에 조금 많이 걷기도 했고 정신적으로 조금 스트레스를 받은 만큼 금방 눈이 감겼다.

'몇 시지.'

조금 불편한 잠자리 때문인지 중간중간 깼다.

박덕구가 천천히 몸을 일으키는 소리가 들린다. 아마도 김현성과 함께 불침번을 서기 위해 밖으로 나가는 모양이다.

박혜영이 잠깐 몸을 뒤척이는 소리나 정하얀이 다시 안쪽으로 들어오는 소리 역시 들린다.

"안녕히 주무쇼, 누님."

"더, 덕구 씨도 고생하세요."

뭔가 조금 더 이야기를 주고받는 것 같지만 다시 한번 스르륵 눈이 감겼다. 목소리가 점점 작아지는 것과 동시에 의식이 흐려진다.

문득 깨어났던 것은 입술에 뭔가 이상한 감촉이 느껴졌을 때. 그리고 무언가가 손을 잡는 감각이 느껴졌을 때였다.

순간적으로 몸을 일으키려고 했지만 몸이 잘 움직여지지가 않는다. 아니, 그것보다는 누군가 나를 뚫어지게 바라보고 있는 느낌이 들었다.

들려오는 것은 정하얀의 목소리.

무척이나 작게 속삭이고 있다.

"절…… 안……."

잠이 덜 깼는지 뭐라고 하는지 잘 들리지 않는다.

당연하지만 지금 나를 보는 사람이 누구인지는 당연한 일.

흐릿했던 정신이 또렷해진다.

수마가 한순간에 달아난 것은 당연지사.

왼쪽 눈을 살짝 뜨니 조용히 이쪽을 내려다보는 검은 그림자가 한눈에 들어왔다.

뭔지는 모를 상황이지만 이런 상황에서 몸을 일으킬 만큼 멍청하지는 않다.

지금 정하얀이 작게 속삭이는 것이 내게 말을 거는 게 아니라는 것 정도는 알고 있다.

'이게 무슨 상황이야.'

애써 눈을 감은 뒤에도 자꾸만 소리가 들려온다.

스르륵 몸을 움직이는 소리, 옷깃이 스치는 소리, 심지어는 입술에 부드러운 감촉이 느껴진다.

"하아. 하아."

'이게 뭐야.'

지금까지 이렇게 당황스러웠던 적은 없었다.

특이한 성벽이라도 있는 건지 아니면 이쪽이 너무 정하얀을 몰아붙인 부작용인지는 모르겠지만 한 가지 확실한 것은 그녀가 이쪽에 호감을 가지고 있다는 것.

"하아."

그것도 조금 과하게 느껴질 정도로 호감을 가지고 있다.

일단은 쾌재를 질러야 함이 옳다.

애초에 거의 최우선 사항으로 생각하고 있던 것이 바로 정하얀과 친분을 쌓은 일이었던 만큼 나쁜 결과는 아니었기 때문이다.

그렇지만 이쪽이 가장 이상적으로 생각하고 있는 포지션은 오빠와 동생.

결코 이런 상황을 원한 것은 아니다.

시간이 조금 지난 이후에야 정하얀은 이쪽에 조금 떨어졌다.

잠이 오지 않는 건지 자꾸만 부스럭대는 소리가 들려온다.

뭘 하고 있는지 알 수 없지만 궁금함에 살짝 눈을 뜨자 이번에는 조용히 박혜영을 내려다보고 있는 정하얀의 뒷모습이 시야에 들어왔다.

"……."

한참이나 박혜영이 자는 모습을 지켜보고 있는 모습.

미동도 없이 한 자리에 서서 빤히 그녀를 쳐다보는 느낌이었다.

'몽유병이야, 뭐야.'

어디서부터 일이 꼬인 건지는 모르겠지만 뭔가 일이 꼬였다. 애초에 직업을 얻은 이후에 그 사실을 숨긴 것도 그렇고 박혜영이 함께 원정에 떠나기로 한 당시에 그녀를 바라보던 표정도 마음에 걸린다.

지금 같은 이상 행동에는 틀림없이 뭔가 이유가 있을 거라는 생각이 들었다.

정하얀이 이쪽으로 고개를 획 돌린 것은 그때.

순간적이지만 눈이 마주쳤다.

한 번 느껴본 적 있는 감각이었다. 등 뒤로 정체를 알 수 없는 소름이 돋아났다.

'개…….'

반사적으로 눈을 감아보지만 들켰는지 않았는지 알 수가 없다. 아니, 그보다 어째서.

'내가 왜 겁먹고 있는 거지?'

왜인지는 알 수 없지만 움츠리게 된다.

마력의 영향? 아니면 만화에서나 나오는 살기?

이유는 모르겠지만 저번에도 보여준 적이 있는 정하얀의 저런 모습이 나를 옭아매는 것만 같다.

일단 아무 말이 없는 것을 보니 내가 깨어 있다는 것을 인지하지 못하는 것 같지만, 갑작스레 무서울 정도로 조용해진 장내는 뭔가가 이상하다.

'제기랄…….'

도무지 무슨 상황인지 이해가 되지 않는다.

부스럭거리는 소리도, 아까처럼 숨을 마시거나 내뱉는 소리도, 옷깃이 스치는 소리도 들리지 않는다.

박혜영의 숨소리가 간헐적으로 들려오기는 하지만 정하얀의 입에서 나오는 소리는 아니다.

잠을 청하려 하지만 잠들 수 없는 게 문제.

멀리 떨어져 있지 않은 곳에 누군가 조용히 몸을 눕힌 것이 느껴진다.

"……."

"……."

아마도 정하얀일 것이다.

마치 1초가 1분 같은 느낌이다.

시간이 얼마나 흘렀는지 제대로 알 수 없었을 때, 불행인지 다행인지 밖에서 목소리가 들려왔다.

“일어나실 시간입니다.”

일어나라는 목소리가 이렇게 기분 좋게 들린 적은 처음이었다.

“네. 알겠습니다.”

가장 처음 일어난 것은 박혜영.

그 뒤로는 정하얀이 몸을 뒤척이는 소리도 들렸다.

언제쯤 일어나는 게 좋을까 생각하고 있던 찰나에 내 어깨를 툭툭 건드리는 손길이 느껴진다.

“형님.”

‘박덕구, 나이스.’

마침 나쁘지 않은 타이밍.

잠을 설쳐서 그런지 갑작스레 피곤함이 몰려들었지만 일단 눈을 살짝 뜨고 상체를 일으켰다.

“벌써 시간이 이렇게 됐나?”

“오늘은 조금 일찍 움직일 계획인가 보오. 조금 더 안쪽으로 들어간 이후에 사냥을 마치고 쉼터로 돌아가기로 했소.”

“괜찮네.”

일부로 정하얀에게서 눈길을 돌리지 않았다. 피하는 게 더 어색하다는 것은 알고 있다.

살짝 정하얀을 바라보니 환하게 웃으며 이쪽을 보는 그녀의 얼굴이 시야에 비쳤다.

어제와는 너무나도 다른 모습. 동일인물로 보이지도 않는다.

'어느 게 진짜야.'

저 표정이 진짜인지, 아니면 어젯밤 내가 본 표정이 진짜인지는 알 수 없다.

일단은 조금 더 머리를 식힐 필요가 있다고 생각해 나 역시 그녀를 향해 작게 웃어준 뒤 곧바로 몸을 추스르기 시작했다.

'피곤해.'

밤잠을 설친 것처럼 정신이 멍하다.

밖으로 나가자 김현성이 이쪽을 바라보며 입을 여는 것이 보였다.

"피곤해 보이시는군요."

"조금은. 그래도 괜찮습니다."

"오늘은 조금 안까지 들어가 보는 게 좋을 것 같습니다. 괜찮으시겠습니까?"

"나쁘지 않을 것 같습니다. 근방에 놈들도 별로 없는 것 같고. 쉼터에 있는 이들이 조금 걱정되기는 하지만 이 정도라면 아마 안쪽이 잘못될 일은 없을 것 같군요. 다만 놈들의 숫자가 조금 많다고 판단되면……."

"네. 물론 바로 돌아갈 수 있도록 하겠습니다."

그게 합리적인 판단이다.

"그나저나 어느 쪽으로?"

"왼쪽 길은 지난밤에 제가 간단하게 체크를 했습니다만 이곳과 별로 상황이 다르지 않은 것 같았습니다."

불침번을 두 번 서는 것도 모자라 탐색까지 하고 오셨단다.

"고생하셨군요."

이렇게 열심히 움직여 주는 일꾼들이 있으면 나 같은 사람이야 즐겁다. 어쩌면 오른쪽에 무언가 있을 수도 있겠다고 생각했지만 아직은 시기상조.

"혜영 씨와 하얀 씨는……."

"저도 준비됐어요."

"포지션은 어제처럼 놈들을 발견하면 하얀 씨가 혜영 씨 대신 나서면 되실 겁니다. 그럼 출발하도록 하죠."

"네."

조금은 피곤한 행군길이 될 것 같았다.

일단 가장 걱정되는 것은 정하얀의 존재다.

뭐가 뭔지 모를 상황이지만 최근에 정하얀이 보여주는 행동은 다분히 비상식적이다. 뭐라고 콕 집어 설명할 수는 없지만 누가 봐도 이상할 것이다.

내가 생각하던 그녀의 모습과 조금 거리가 먼 것 같았다.

무엇이 원인인지 파악하는 것이 먼저. 아예 짐작조차 할 수 없는 건 아니지만 조금은 당황할 수밖에 없었다.

'질투심?'

원인이 질투심이라고 하기에는 나와 정하얀이 함께 보낸 시간이 너무 짧다는 것이 문제다. 인간관계라는 것이 항상 시간과 비례하는 것은 아니지만 함께한 시간이 중요하다는 것은 부정할 수 없는 사실이다.

물론 나와 정하얀을 둘러싼 상황의 특수성이라는 것이 있기는 있다.

이곳은 카페나 레스토랑이 아니다.

굳이 예를 들자면 싸구려 B급 영화에서 위기에 빠진 남녀가 짧은 시간동안 사랑을 느끼는 것 같은 감정.

어쩌면 그녀가 가지고 있는 감정의 정체가 그것일지도 모른다.

불현듯 떠오르는 것은 정하얀의 과거.

과거를 생각해 보면 어느 정도 합리적인 추론이 가능할 것 같았다.

부모님은 계시지 않고 언니들과는 연락이 끊긴 지 오래.

만약에 본인이 가족들에게 버림받았다고 생각하고 있다면 이쪽에 조금 더 기대고 싶은 마음도 이해가 간다.

그녀의 환경은 분명 그녀에게 친절하지 않았을 테니까.

'단순한 추론.'

그렇지만 모종의 이유로 나는 그녀에게 의지할 수 있는 끈이 되어버렸다. 항상 친절하고 믿어주고 의지할 수 있는 사람이 되었을 것이다.

그 감정이 좋아하는 감정을 넘어 집착으로 발전한 형태일 수도 있다고 생각했다.

애초에 내가 노린 것 역시 그녀의 정신적 방파제 역할이었으니까.

마음에 빈틈이 있는 인간은 조금 더 끌어들이기 쉬운 법이다.

'시험해 볼까.'

고전적이지만 사용해 볼 만하다.

나란히 길을 걸어가는 와중에 박혜영의 어깨를 살짝 끌어당기며 천천히 입을 열었다.

"조심."

"아…… 네."

조금 긴장한 듯한 모습. 돌에 걸려 넘어질 뻔한 걸 도와줬다고 생각하는 것 같다. 뭔가 감사의 표현을 하려는 것 같지만 내가 원하는 것은 그녀의 반응이 아니다.

곁눈질로 정하얀의 눈을 바라본다.

박혜영을 뚫어지게 바라보는 정하얀이 보인 것은 당연

지사.

김현성이나 박덕구는 신경 쓰지 않는 것 같았지만 특성의 영향 때문인지는 몰라도 내 눈에는 확실히 보인다.

뭐라고 형용하기 힘든 감정이 정하얀의 눈에 담겨 있다.

'이건 이용할 수 있다.'

그녀가 가지고 있는 적의는 나를 향한 것이 아니다.

평범한 질투라고 하기에는 정도가 조금 지나친 것 같지만 정하얀의 성정을 생각해 본다면 수습할 수 있는 범위 내에 있다.

당근과 채찍을 적당히 던져 준다면 정하얀은 이쪽을 위해서라면 몸도 던질 수 있는 충실한 가족이 되어줄 것이다.

여러 가지 생각을 하며 걷자 어느새 꽤나 먼 거리를 이동한 느낌이 들었다.

"근처에 온 것 같군요. 여기서부터는 조금 더 조심히 움직이도록 하겠습니다."

"큼. 알겠소, 형씨."

아마 여기서부터가 김현성이 미리 봐둔 영역인 모양이다.

확실히 이전과는 냄새가 달랐다.

놈들의 몸에서 나는 특유의 악취가 이곳저곳에 베어 있다는 느낌이 든다.

그렇지만 그것보다 더 눈에 띄는 것은 저 멀리서 느껴지는 희미한 마력이다.

어떤 종류인지는 알 수 없지만 확실히 뭔가 이질적인 것이 느껴졌다.

어쩌면 김현성이 원하는 것이 이것일지도 모른다.

“뭔가 느껴지는 것 같습니다.”

“무슨 소리요? 형님. 놈들이라도 보이는 거요?”

“앞쪽에서 희미한 마력이 느껴진다. 뭔지는 잘 모르겠지만 아무튼.”

“그 마력이라는 게 없으니 답답하구먼. 형씨는 느낄 수 있겠소?”

“저도 잘은 모르겠습니다만 기영 씨는 마법사니 저희보다는 조금 더 이질적인 감각에 익숙할 겁니다. 일단은 확인해 보는 것도 나쁘지는 않겠군요. 이곳을 공략하는 데 어떤 힌트가 있을지도 모릅니다.”

김현성은 확실히 연기에는 재능이 없다. 아무래도 앞에 있는 희미한 마력의 정체가 던전 공략과 관련이 있는 모양이다.

“뭐, 어차피 가는 길이기도 하고 조심해서 나쁠 건 없으니 내가 먼저 가보겠소.”

“조심.”

조심할 필요도 없다.

애초에 뭔가 이상하다는 걸 감지했다면 김현성이 가만히

있을 리가 없을 테니까.

조심스럽게 발걸음을 옮기자 내가 느꼈던 마력의 정체가 한눈에 들어왔다.

'계단.'

"아래층으로 내려가는 계단이군요."

말 그대로 아래층으로 내려가는 계단이다. 이 던전이라는 곳이 어떤 식으로 굴러 들어가는지 이제야 눈에 들어온다.

고개를 끄덕이는 김현성을 바라보니 이 작위적인 설정이 설득력이 있다고 생각하는 모양.

어처구니가 없지만 맞춰주는 것도 나쁘지 않을 것처럼 보였다.

"뻔한 설정이지만 아래로 내려가면 내려갈수록 난이도가 올라간다는 건가? 아마 공략에 관계가 있을 것 같습니다."

"으음, 그런 거요? 형님."

"아직 확신할 수는 없지만 아마도. 스타트 포인트가 있는 이 지점에서는 굳이 공략 힌트라고 할 만한 걸 찾을 수 없었으니까. 넓은 이곳에 괴물만 던져준 이후에 던전을 공략하라고 하는 것은 설득력이 없지. 아마 이 아래로 내려가는 것부터가 시작일 확률이 높아. 뭐가 뭔지는 모르겠지만 적어도 이곳보다는 단서가 많겠지."

내 말을 듣고 김현성이 고개를 끄덕였다.

“제 생각도 같습니다.”

‘빙고.’

“지금 당장은 무리가 있으니 일단은 이곳을 기억해 놓은 이후에 다음에 내려가 보는 게 좋을 것 같다. 오늘은 공략을 위해서 찾아온 건 아니니까. 어쩌면 지하에는 조금 더 우리에게 도움이 될 만한 게 있을지도 모르고. 괴물의 종류도 조금 다를 수도 있을 테니.”

“지금보다 더 짜증 나는 놈들이 나오면 정말로 싫을 것 같소.”

이하 동문이다.

어쨌든 간에 김현성은 자연스럽게 우리에게 지하의 입구를 알리는 것에 성공했다.

이 정도라 하더라고 녀석에게는 조금 큰 성과라고 느껴질지도 모른다.

그렇지만 당장 급한 것은 정하얀과 박혜영의 성장. 싸울 수 있는 인원이 준비되어야 아래로 내려갈 수 있다.

“길은?”

“대충 머릿속에 있어.”

“그럼 이제부터는 이곳을 중심으로 놈들을 찾으면 되는 거요?”

“그렇게 하는 게 좋을 것 같습니다. 일단은 조금 떨어진 지점부터 시작하도록 하죠."

"알겠소, 형씨."

어제처럼 눈에 불을 켜고 놈들을 찾지 않아도 가까운 곳에서 놈들을 만나볼 수 있었다.

아마도 이곳을 중심으로 녀석들이 조금씩 분포되어 있는 모양이다.

가까운 곳에 있는 괴물 세 마리.

살짝 김현성을 바라보자 녀석이 고개를 끄덕이는 것이 보였다.

"덕구 씨가 두 녀석을 맡아주시면 기영 씨가 빠르게 그중 한 녀석을, 나머지 하나는 제가 처리하겠습니다. 마지막으로 남은 녀석을 교재로 사용하겠습니다. 혜영 씨와 하얀 씨는 기영 씨와 비슷한 위치에 서 계시면 됩니다."

"네."

"알겠소."

입술을 꽉 다문 이후에 박덕구가 먼저 앞으로 튀어 나갔다. 일단은 박덕구에게 어그로가 끌리게 할 모양이다.

나 역시 잔뜩 긴장한 정하얀과 박혜영을 사이에 두고 뛰쳐나가기 시작했다.

한 녀석을 방패로 밀어내고 한 녀석은 가죽을 둘둘 말은 팔로 쳐내는 박덕구의 뒷모습이 보였다.

김현성은 다소 여유 있어 보이는 모습으로 한 녀석을 향해 달려가 놈의 팔을 베어내는 데 성공했다.

'엄청 빠르네.'

민첩 수치가 높아 어느 정도 빠를 거라고 예상했지만 내가 상상하는 것 이상이다.

그사이에 나는 창끝에 조금의 마력을 담아 박덕구가 붙들고 있는 녀석에게 창을 내질렀다.

푸욱!

혈액이 튀지만 신경 쓸 여유는 없다.

'아직 안 죽었어.'

다시 한번 창을 찔러 넣으려고 했을 때 옆에서 박혜영이 뭐라도 해보겠다는 듯 창을 내지른다.

'나쁘지 않네.'

일단은 본인이 할 수 있다는 의지가 있다는 것이 가장 중요하다.

김현성 쪽은 굳이 쳐다볼 필요도 없다 아마 이상하게 보이지 않기 위해 적당히 힘을 빼며 상대하려고 할 테니까.

남은 것은 교재로 사용할 놈.

박덕구가 놈을 잡아놓으려고 몸을 움직이기도 전에 조금 흥분한 것처럼 보이는 박혜영이 창을 내뻗기 시작.

'멍청한 짓.'

누가 봐도 멍청한 짓이다.

예상대로 창이 빗겨나가면서 남은 괴물 하나가 박덕구의 범위에서 벗어난다.

"앗! 죄, 죄송합니……."

"개……."

인간이 다섯 명이나 모이면 꼭 하나는 쓰레기가 있게 마련.

"덕구야."

어딘가에서 들어본 적이 있는 이 명언은 언제나 내 기대를 배신하지 않는다.

"꺄아아아아악!!"

'망할 년!'

"꺄아아아아악!!"

당연히 놀랄 수밖에 없을 것이다. 괴물 새끼가 게걸스럽게 입을 벌리며 다가오고 있었으니까.

애초에 창을 먼저 내지르지 않았으면 어그로가 튈 일도 없었을 것이다.

놈들의 지능은 결코 높다고 할 수 없고, 침착하게 상황을 지켜본다면 박덕구가 달려오는 괴물을 막아줄 수 있었다는 것도 알 수 있다.

그러나 박혜영 이 망할 년은 침착하게 상황을 지켜보는 대신 자신의 공포심을 있는 대로 해방하는 것을 선택해 버렸다.

"제길!"

박혜영이 그림으로 그린 것처럼 이 상황을 그럴 듯하게 망쳐 버렸다.

놈들은 소리에 민감하다.

평범한 대화 정도야 멀리 있는 곳까지 닿지 않겠지만 이 정도로 큰 소리라면 당연히 놈들도 이쪽의 존재를 파악할 수 있다.

아마 주변에 있는 놈들이 전부 달려올지도 모른다.

김현성도 똑같은 생각을 하고 있는지 상대하고 있던 괴물의 머리를 날려버린 이후에 박덕구가 붙잡은 녀석의 가슴에 칼을 찔러 넣었다.

인간이 낼 수 있는 속도와 조금 동떨어진 것 같지만 김현성도 상황이 안 좋게 돌아가고 있다는 걸 느낀 만큼 그런 걸 신경 쓸 여유는 없었을 것이다.

부들부들 대는 괴물 놈이 보이기는 했지만 지금 그게 문제가 아니다.

"당장 이곳을 벗어나겠습니다."

"제기랄."

"죄, 죄송……."

"기영 씨는 혜영 씨와 하얀 씨를. 만약 무슨 일이 생긴다면 덕구 씨가 길을 뚫는 걸로 하겠습니다."

"거, 형씨는 어쩔 거요."

"저는 괴물들의 주의를 끌어보겠습니다. 표식을 남겨두시면 찾아가도록 하죠. 곧바로 쉼터로 향하는 것보다는 조금 우회하시는 게 좋을 겁니다, 기영 씨."

대충 고개를 끄덕였다.

지금 이쪽으로 관심이 끌린 괴물들을 전부 쉼터로 끌고 간다면 놈들에게 뷔페를 선물해 주는 것이나 다름없다.

김현성은 나름대로 이 사태를 해결하려는 모양이지만 표정이 썩 좋지만은 않았다.

회귀자라고 하더라도 아직 김현성은 성장 중인 루키다.

어느 정도는 감당할 수 있겠지만 녀석들이 일정 수 이상 몰린다면 이렇게 폐쇄적인 공간에서 놈들을 상대하기 무리가 있을 것이다.

"형님 어느 쪽으로……."

"조금 돌아서 갈 거다."

"아, 알겠소."

이제야 자신이 무슨 실수를 저질렀는지 알게 된 모양인지 박혜영이 창백한 표정으로 이쪽을 바라보기 시작했다. 까딱 잘못했다간 진심으로 비명을 지르게 될지도 모른다는 것을 깨달은 것이다.

"일어나."

"네. 네."

"이쪽에 딱 붙어서 달린다."

"아, 알겠습니다."

정하얀은 말이 없다.

다만 뭔가 골똘히 생각하는 표정으로 주변을 살피고 있었다.

"하얀아."

"아, 네! 오빠."

별로 겁먹은 것 같지 않은 모습.

그러고 보니 장차 대마법사가 되실 정하얀의 존재가 떠오른다. 정하얀 역시 마법사인 만큼 만약 감당할 수 없는 상황이 닥쳐올 경우에는 이쪽에 도움을 줄 수도 있으리라.

'생존 가능성은 높아.'

충분히 살아 돌아갈 수 있다.

"그럼 무운을."

"거, 형씨나 조심하쇼."

"괜찮을 겁니다."

곧바로 박덕구가 방패를 들고 달리기 시작했다.

박혜영 역시 겁에 질린 표정으로 우리를 따라오기 시작.

순간적으로 짜증이 치솟았지만 여기서 실랑이를 벌일 시간 따위는 없다.

그 대신 외우기 시작한 것은 주문.

마력으로 탑을 쌓는다. 아주 적은 마력이지만 위기의 순간에 이쪽을 한 번 구해줄 수 있는 마법.

"달리면서도 외울 수 있는 거요? 형님?"

"말 시키지 마라. 머리 아프니까."

그만큼 주문에 집중하기 어렵다.

발과 손을 놀리면서 머릿속으로는 전혀 다른 생각을 하는 것은 애초에 해내기 어렵다.

'어려운데.'

"나, 바라노니……."

자꾸만 쌓으려고 하는 마력의 탑이 무너진다. 집중이 잘 안 되는 탓이다. 머리가 터질 것 같은 느낌. 뇌가 과부화를 일으키고 있는 것 같았다.

'천천히 하나만.'

주변에 아무것도 없다고 생각하고 외운다면 충분히 가능하다.

다시 한번 천천히 탑을 쌓는다.

어차피 아직 괴물 새끼들을 마주치지도 않았다.

외울 시간은 충분히 있다.

"주여, 나, 바라노니, 내 목소리에, 답해, 적들을 태울, 힘을 내려, 주시옵소서."

영창이 길어질 수밖에 없다. 호흡이 끊길 수밖에 없다.

영 짜증 나는 주문이기는 하지만 확실히 내 머릿속에 각인된 주문이 손으로 발현된다.

불의 구체. 사람 머리만 한 불의 구체가 내 손 안에 들어온 것이다.

"거, 죽이는구먼! 그런 건 언제 배운 거요?"

"집중하기 어려우니까 그만."

주문을 외우는 것도 일이고 유지하는 것도 일이다.

계속해서 흔들리는 마력의 탑을 무너지지 않게 보수하고 균형을 잡아줘야 한다.

'엄청 복잡하네.'

만화나 애니메이션, 소설 따위의 창작물에서는 이 마법이라는 게 굉장히 간단하게 툭툭 던질 수 있는 걸로 보인다.

그러나 실제로 사용해 보니 머리가 깨질 지경.

오죽하면 마법사가 되는 선행 조건에 마력보다 중요한 것이 지능이 아닐까 하는 생각이 들 정도였다.

"다음은 어디요?"

"왼쪽."

이런 상황에서 박덕구에게 길까지 알려줘야 하니 짜증이 치솟아 오른다.

"게에에에에엑!"

저 멀리서부터 들려오는 괴물들의 소리가 들려왔다. 조금 멀리 떨어진 놈들이라 그런지 몇 마리인지 자세히 확인할 수가 없다.

"몇 마리."

"두 마리쯤."

"혼자서."

"해보겠소, 형님."

"못 죽여도 상관없으니까 길만 뚫어."

"맡겨주쇼."

콰직! 푸욱! 하는 소리가 들려온다.

계속해서 달리는 박덕구의 등을 보니 꽤나 듬직하게 느껴진 것은 당연지사.

조금 탱크 같은 놈이라고 생각해 버렸다.

"다음은!"

"오른쪽."

"게에에에에에에엑!"

"몇 마리."

"셀 수 없을 정도로 많은 것 같……."

곧바로 팔을 뻗는다.

"화염구."

내 손에서 계속해서 유지되고 있었던 불꽃 구체가 멈칫 하더니 일직선으로 날아가기 시작.

반동이 있을 줄은 예상하지 못했다.

풍압 때문인지 내 손이 잠깐 하늘로 향했다. 마법이 날아가는 과정에서도 머릿속으로는 주문 술식 연산을 멈추지 않는다.

기껏 외워 놓은 주문이 중간에 이상한 쪽으로 휘는 건 사양이었으니까.

퍼엉!

괴물 새끼 하나의 몸에 부딪친 구체는 조금은 요란한 소리를 내며 사방으로 퍼졌다.

콰직!

하는 소리와 함께 구체에 맞은 괴물들이 불에 휩싸인 채로 주변으로 튕겨 나갔다.

폭발의 여파로 이쪽까지 바람이 불어왔다.

박덕구가 슬쩍 방패로 우리의 앞을 막은 것은 당연한 일.

벽에 부딪치거나 불길에 휩싸인 괴물들 대다수가 비명을 지르며 나가떨어지는 것을 보고, 녀석이 다시 한번 놀랐다는 표정으로 이쪽을 바라봤다.

좁은 공간이기도 했고 놈들이 밀집되어 있어서 운 좋게 맞은 것뿐이지만 주변에 퍼진 마법의 여파에 놀란 것이리라.

"워메, 형님."

"후우. 후우."

순간적으로 마력이 빠져나간 영향으로 다리가 후들거리기 시작했다.

그렇지만 어떻게든 길은 뚫어냈다.

"다시."

뭔가 이상하다는 생각이 든 것은 바로 그때.

"아!"

박덕구 역시 무심코 뒤를 돌아보다 깜짝 놀랐다는 표정으로 나를 바라보고 있었다.

'정하얀, 박혜영.'

둘이 무리에서 떨어진 것이다.

"언제부터……. 둘 못 봤어?"

"아, 아까까지만 해도 분명히 따라오고 있었는데……."

"너."

잠시 짜증을 내려다 욕지거리를 다시 집어삼켰다.

이건 내 잘못이다.

머릿속으로 주문을 외우느라 둘이 언제 이쪽과 떨어졌는지 전혀 눈치채지 못했다.

박덕구도 몰랐단 사실은 조금 예상 외였지만 분명히 얼마 떨어지지 않은 곳에서 이쪽을 따라오고 있을 것이다.

중요한 것은 그녀들이 길을 알고 있느냐.

정하얀이라면 어쩌면 기억하고 있을지도 모르지만 박혜영, 그 트롤러가 머릿속에 길을 외워 두지는 않을 거라고 생각했다.

따라오는 것만으로도 충분히 벅찼을 테니까.

“어, 어떻게……. 미, 미안하…….”

“네 잘못이 아니다, 덕구야. 내가 조금 더 신경을 썼어야 했어. ……시발.”

“이, 이제는 어떻게 하면 되는 거요?”

내가 묻고 싶은 질문.

무리에서 떨어진 게 박혜영 하나뿐이라면 당연히 버리고 간다.

그렇지만 그녀와 함께 있는 정하얀이 문제다.

그녀는 미래가 보장되어 있는 복권이다. 이런 곳에서 어처구니없게 잃었다가는 헛웃음도 나오지 않으리라.

도박은 싫어하는 편이다.

그러나 필요할 때는 움직여야 한다.

“분명히 살아 있을 거다.”

“그, 그러면.”

“생각이 있으면 이쪽이 알아볼 수 있는 표식을 만들어놨겠지. 일단 다시 되돌아간다.”

“잘 생각하셨소, 형님.”

아마 뒤쪽에서 따라오는 괴물들은 김현성이 처리해 주고 있을 확률이 높다.

중요한 것은 사방에서 몰려오고 있을 떨거지들.

주문을 다시 외우기는 힘들다.

마력은 이미 바닥이지만 어떻게든 쥐어짜면 한 번 정도는 더 가능할 수 있다고 생각했다.

“언제쯤 떨어진 건지는 기억나?”

“아, 아까 두 놈을 만났을 때만 해도 같이 달려오고 있는 것 같았소. 비명도 안 들렸었는데…….”

나 역시 잘 기억이 나지 않는다.

주문을 외우고 있을 때만 해도 둘이서 함께 나를 따라오던 기억이 있다.

마법을 유지하는 동안 그녀들이 없어졌다고 생각하는 게 옳다.

“일단 간다.”

“알겠소.”

처음에는 조금 당황했지만 생각하면 할수록 뭔가 이상한 것 같은 기분이다.

박덕구가 둔하기는 해도 따라오던 둘이 한꺼번에 없어졌다는 걸 눈치채지 못할 정도로 병신은 아니다.

나 역시 마찬가지.

애초에 박덕구의 민첩 수치는 높지 않다. 정하얀이면 몰라도 박혜영이 따라오지 못할 정도는 아니다.

괴물에게 발목이 잡힌 것도 아닌 상황.

어쩌면 던전에 있는 함정에 걸려든 것은 아닐까 하는 생각이 들기는 하지만 확률이 낮다.

애초에 한 번 지나갔던 길.

만약 이곳에 함정이 있었다고 한다면 김현성이 언질을 줬을 것이다.

갑작스레 정하얀이 박혜영을 바라보던 눈빛이 떠오른다.

'아니겠지.'

아직 판단을 내리기에는 시기상조지만 정하얀 그녀가 이쪽과 떨어지길 원했다면 어느 정도 이해가 간다.

어떤 주문을 외웠는지는 이쪽이 알 수 없지만 내가 주문에 집중하고 있는 동안 옆쪽에서 다른 주문을 외웠다면 눈치채지 못했을 확률도 있다.

주문을 유지하고 앞쪽에 상황을 살피기에도 여유가 없었던 상황.

애초에 마력이 없는 박덕구야 정하얀이 무슨 짓을 하는지 눈치채지 못했을 거다.

김현성이야 우리와 멀리 떨어져 있으니 논외.

이런 생각을 하기는 싫지만 정하얀이 박혜영과 단둘이 있는 상황을 만들고 싶어 했다는 가정도 후보로 올려야겠다고 생각했다.

'문제는 왜.'

안 좋은 생각을 하기는 싫지만 자꾸만 불안한 느낌이 드는 것은 어쩔 수 없다.

박덕구와 함께 앞쪽으로 달려가던 그때, 던전의 입구를 발견했을 때와 마찬가지로 희미한 마력이 느껴지기 시작했다.

'개…….'

"덕구야, 더 빨리."

"무슨 일이라도 생긴 거요?"

단순한 가정이다.

그렇지만 희미하게 느껴지는 마력의 향은 내 가설에 힘을 실어주고 있었다.

"혜영 씨?"

"네, 지혜 씨. 듣고 있어요."

"기영 씨한테 가보세요."

"네?"

"아무래도 기영 씨 같은 분들에게 여러 가지로 편의를 봐드리는 게 좋을 것 같거든요. 오늘뿐만이 아니라 앞으로도 말이에요."

"무슨 뜻인지 저는 잘……."

"그건 혜영 씨가 받아들이기 나름이에요. 자신이 할 수 있다고 생각하는 일을 하시면 됩니다. 단순히 말 상대가 되어도 상관없고. 아! 몸종이 되는 것도 나쁘지 않겠네요."

"……."

"마지막 말은 농담이에요. 그렇지만 진지하게 생각해 보는 것도 나쁘지는 않을 수도……. 지금 이쪽 상황이 그렇게 좋지만은 않거든요. 먹을 수 있는 자원이 없다는 것도 그렇고 사냥을 나갈 수 있는 인원이 한정되어 있다는 게 그렇죠. 현성 씨가 주변 괴물을 주기적으로 정리해 준다고는 하나 언제 예상할 수 없는 일이 일어날지 모르죠. 그 누구도 장담할 수 없는 게 현실이에요. 사냥을 나갔던 인원이 죽어서 돌아오지 못할 확률도 생각해야 하고, 앞으로 일어날 여러 가지 일에 대처해야 하지 않겠어요?"

"……."

"능력 있는 남자와 접점을 만들어 놓는 것도 나쁘지 않을 거라는 이야기예요. 우리 같은 사람은 하나쯤 보험을 만들어 놓는 게 좋잖아요? 일이 잘 풀리면 혹시 모르죠. 당신도 정하얀 씨처럼 특별 취급을 받을 수도."

"무슨 뜻인지 알겠어요."

"아! 그리고 다음 사냥에는 하얀 씨를 데리고 나간다는 이야기가 있더라고요. 혜영 씨가 한번 시도해 보는 것도 나쁘지 않겠죠?"

"여러 가지로 말해주신 건 고맙지만…… 저한테 이렇게까지 호의를 보여주시는 이유가 따로 있나요?"

"글쎄요. 단순한 호의예요. 다만 일이 잘 풀리면 이쪽도 한번 신경 써주셨으면 하고 말씀드린 거랍니다. 저는 도박을 즐기는 타입은 아니거든요."

'나쁜 년.'

이지혜 망할 년.

속으로 계속해서 이지혜에게 욕을 내뱉었지만 달라지는 것은 없었다.

실수는 어차피 이쪽이 저지른 거니까. 아니, 애초에 모든 것이 이쪽의 선택이었다.

이지혜의 말에 동의한 것도, 이기영을 따라나선 것도 모두 모르모트 생쥐가 될 걸 예상하고 저지른 일이었다.

처음에 바보 같은 짓을 저질렀고 그 실수를 만회하기 위해 마음을 다잡았다. 쓸모 있는 사람이라는 걸 어필하기 위해 무리하게 창을 휘두른 게 큰 실수였다.

자신도 모르게 터져 나온 비명은 그것보다 더한 실수다.

앞에서 달리고 있는 이기영과 박덕구가 보였다.

이기영은 끊임없이 입으로 주문을 외우고 있었고 박덕구는 커다란 방패로 달려드는 괴물들을 밀어낸다.

아까의 공포 때문인지 다리가 후들후들 떨렸지만 주저앉을 수 없는 것은 당연지사.

'죽을 거야.'

다리를 멈추면 죽을 거라는 것을 알고 있기 때문이다.

옆을 살짝 보니 정하얀 역시 혼잣말을 중얼거리며 뒤를 따라오고 있는 게 보였다.

'병신.'

어쩌다 운이 좋아 이기영의 눈에 띄었고 어쩌다 운이 좋아 이 자리에 합류하게 됐다.

저 여자처럼 운이 좋은 여자도 없을 것이다.

커다란 실수를 저지른 난 살아 돌아가게 된다고 하더라도 자리에서 물러날 것이 뻔할 뻔 자. 정하얀을 위한 교보재가 되어준 것이라고 생각하자 입안에서 쓴맛이 느껴졌다.

애초에.

어떻게 저렇게 평정심을 유지하고 있는 건지 알 수 없다.

괴물 앞에서도 묵묵히 칼과 창을 내지르는 김현성, 이기영, 박덕구도 물론 대단하다.

내 경우에는 손의 감촉이나 죽을지도 모른다는 공포심을 이기지 못했으니까. 조금 쉬울지도 모른다고 생각했던 자신이 우스워질 정도다.

그렇지만 정하얀의 경우에는 조금 다르다.

저 여자 역시 나와 마찬가지로 이곳에 나와 있는 게 처음이고 괴물들을 직접 마주한 것도 처음일 것이다.

조용히 나를 바라보는 저 눈에는 공포심 따위는 없었다.

계속해서 혼잣말을 하는 모습에 혹시 미친 것은 아닌지 생각했지만 동요하는 기색은 보이지 않는다.

'이렇게 무너질 수는 없어.'

이 튜토리얼이라고 불리는 현실 속에서는 생존을 위해 힘을 키워야만 한다. 혼자 힘으로는 당연히 불가능하다는 것을 알고 있기 때문에 이기영과 김현성을 이용했다.

밖으로 나갈 수 없다고 낙인이 찍힌다면 저들과 같은 힘을 가질 수 없는 것은 물론, 찬밥 신세가 될 게 뻔하다고 생각했다.

남은 방법은 하나.

'어떻게든 비벼야 해.'

살아 돌아간다면 무슨 수를 써서라도 이기영과 끈을 만들어 놔야 한다.

할 수 있는 모든 수단을 써서라도 달라붙어 있어야 했다.

물론, 옆에 있는 정하얀의 존재가 거슬리기는 했지만 시간이 지나면 내 가치를 알아봐 주리라.

누가 봐도 이 멍청한 여자보다는 이쪽이 조금 더 나으니까.

입술을 깨물고 계속해서 달리던 와중, 왼쪽으로 향하던 박덕구와 이기영.

그들이 보이지 않는다는 것을 깨달은 것은 바로 그때였다.

'어?'

마치 귀신에라도 홀린 듯한 기분이었다. 무슨 일이 일어난 것인지 이해가 되지 않는다.

'언제부터?'

분명히 그들의 뒷모습만 쫓으며 달리고 있었다. 귀신이 곡할 노릇이라고 할 수밖에 없는 상황이다. 언제부터, 어째서, 그들의 모습이 보이지 않게 된 건지 기억을 더듬어 봐도 잘 생각이 나지 않는다.

정하얀 역시 가로막힌 벽면을 조용히 응시하고 있었다.

"기영 씨랑 덕구 씨 어디로 간 건지 알고 있어?"

조심스레 말을 걸어봤지만 묵묵부답.

애초에 물어본 게 실수였다.

'머저리 같아선…….'

자신조차 그들을 순식간에 놓쳐 버렸다.

하물며 옆에 있는 맹한 년이 그들이 어디 있는지 알 수 있을 리가 없다.

아마 이 여자 역시 자신만 따라오고 있었으리라.

"게에에엑."

조금 멀리서 들려온 괴물의 울음소리.

순간적으로 몸이 덜덜 떨려온 것은 당연했다. 어디론가 향해야겠다고 생각했지만 발걸음이 잘 떨어지지 않는다. 어디로 가야 할지 갈피를 잡을 수 없었기 때문이다.

어쩌면 지금쯤 기영 씨도 자신들이 길을 잃었다는 것을 눈치챘을지 모른다.

이곳에서 조금만 더 버티거나 기다린다면 분명 우리를 찾으러 올 것이다.

분명히 그럴 것이다.

이런 상황에서도 뭔지 모를 소리를 중얼거리는 정하얀을 보니 어처구니가 없음을 넘어 실소가 나올 지경.

"빼앗으려고 하는 내 적들에게 지킬 수 있는 힘을."

누군가에게 기도라도 올리는 것 같았지만 전혀 이해할 수 없는 행동이었다.

이런 여자에게 신경 쓰고 있는 이기영도 어떻게 생각한다면 제정신이 아닌 것처럼 느껴진다.

"바람 칼날."

쉬익-

하는 바람을 찢는 소리가 들려온다.

"입 닥쳐, 이 머저리야. 괴물 목소리 안 들려?"

살짝 발걸음을 옮기려고 했던 때였다.

'어?'

몸의 균형이 갑작스레 무너지기 시작한 것.

내 의지와는 상관없이 몸이 땅바닥으로 꼬꾸라진다. 동시에 왼쪽 다리에서 참을 수 없을 정도의 격통이 느껴졌다.

붉은 혈액에 몸이 떨어지며 철퍽 하는 소리가 귓가를 때렸고 왼쪽 다리가 몸에서 떨어져 나가 저 먼 곳에 내팽개쳐 있다.

'무슨 일이…….'

판단을 내리기 전에 입에서는 비명이 터졌다.

"꺄아아아아아아악! 누, 누가! 누가 나 좀. 나 좀 살려주세요. 살려줘!"

"소, 소용없을 거예요. 혜, 혜영 씨."

"내, 내 다리. 내 다리……."

"마, 마력으로 음성을 차단했거든요. 아마도 들리지 않을 거예요. 괴, 괴물들도 이곳에 올 염려 없으니까 안심하셔도 돼요."

"제발 도와줘. 제발……."

"새, 생각보다 머, 멍청하시네요, 혜영 씨는. 오, 오빠한테 폐를 끼치고…… 나들이도 어, 엉망으로 만들었어요."

"입 닥쳐. 시발! 아파! 아프다고! 지금 내 다리 안 보여? 빨리 기영 씨를 데리고 오든 아니면……."

계속해서 화끈거리는 다리를 손으로 부여잡는다.

울컥울컥 피가 나오는 바람에 정상적인 판단을 내릴 수가 없다. 겉옷을 벗어 황급하게 출혈 부위를 동여매기는 했지만 이게 제대로 된 응급처치인지 아닌지도 알 수 없을 지경.

턱이 덜덜 떨렸다. 몸이 떨리는 것은 당연지사. 애초에 어째서 다리가 떨어져 나간 건지 이해할 수 없었다.

사실 이해하기도 싫다.

다만 이 상황이 꿈인지 현실인지 파악하는 것. 그게 가장 중요했다. 마치 불에 덴 것 같은 고통이 계속해서 지속되고 있는 상황. 흘러나오는 눈물 때문에 시야가 불명확하다.

살짝 위를 올려다봤을 때 눈에 비친 건 이쪽을 향해 환하게 웃고 있는 정하얀의 얼굴.

'어?'

손에 무언가 이질적인 힘으로 이루어진 것을 들고 있다.

'바람의 칼날.'

갑작스럽게 정하얀의 목소리가 뇌리에 꽂힌다.

그럴 리가 없다고 생각했지만 한쪽 손을 중심으로 녹색 바람이 휘몰아치는 것을 볼 수 있었다.

‘어째서? 왜? 어떻게 저 여자가?’라고 떠올리기도 전에 느껴진 것은 본능적인 공포.

“아…… 하, 하얀 씨…….”

“네, 혜영 씨.”

“갑자기 왜, 왜 그러는 거야.”

“저, 저도 이, 이러기는 싫었어요. 그래도 어쩔 수 없었어요. 당신이 자꾸 우, 우리 오빠를 빼앗으려고 하니까. 어, 어쩔 수 없었던 거예요. 저도 좋아서 이러는 게 아니라고요.”

“무, 무슨 소리를 하는 거야?”

“모르는 척하면 싫은데……. 혜영 씨가 머, 먼저 우리 오빠한테 꼬, 꼬리 쳤잖아요? 빼, 빼앗아 가려고 했잖아요? 빼앗아 간다고 말했잖아요?”

‘미…… 쳤어.’

제정신이 아니다.

어째서 전에는 눈치채지 못했는지 당황스러웠다.

눈앞에 있는 이 여자는 확실히 미쳤다. 조금이지만 입꼬리가 올라가 있는 모습은 무언가 광기에 가득 차 있는 듯하다.

“그건…… 그냥 한 소리였어.”

“거짓말.”

“정말이야.”

“거짓말이에요. 제, 제가 얼마나 아팠는데요? 다, 당신이 오빠랑 이야기하고 오, 오빠랑 손을 잡고, 기댈 때도 가슴이 찢어지는 것 같았어요. 아마 다, 당신은 상상할 수조차 없었을 거예요."

"나도 이해할 수 있어. 으응. 이, 이해할 수 있어. 그러니까 나, 나 좀 도와줘. 다시는 너, 너희 오빠 앞에는 얼씬도 안 할 테니까."

"미안해요. 아무리 생각해도 역시 안 되겠어요. 혜영 씨도 나처럼 아파야 해요. 오빠를 빼앗으려고 한 건 정말로 용서할 수 없어요. 그리고 당신이 살아 있으면 내, 내가 너무 불안하니까……."

"꺄아아아아아아아아악!"

뭔가 피슉 하는 소리와 함께 이번엔 한쪽 팔이 잘려져 나갔다.

엄청난 격통이 느껴졌다. 발버둥 쳐봤지만 달라지는 것은 없다. 어떻게든 이곳에서 벗어나야겠단 생각만 들 뿐이었다.

기어서 나가겠다고 움직여 봤지만 공포와 고통 때문에 그것 역시 제대로 할 수가 없다.

"사, 살려 줘. 제발……. 제발. 내가 다 잘못했어. 살려줘. 아으아아아."

"안 된다고요. 그러면 마, 마음 약해지니까……."

"제발! 내가 다 잘못했어. 내가 다! 잘못했으니까. 읍! 읍!"

"마, 마법으로는 이런 것도 가능하대요. 시끄러우니까 입을 막는 게 좋겠어요."

목소리가 나오지 않는다.

뭔가 이질적인 힘이 목을 조르는 느낌. 계속해서 눈물이 쏟아진다. 몸에서 느껴지는 고통 때문에 발버둥 쳐보지만 달라지는 것은 없다.

"읍…… 읍! 읍!"

"그, 그러니까 미안해요."

계속해서 꿈틀거렸던 그때 어디에선가 목소리가 들려왔다.

"하얀아?"

"오, 오빠."

이 모든 일의 원흉이라고 할 수 있는 남자, 이기영이었다.

'이럴 줄 알았어.'

눈으로 보이는 현장은 생각보다도 더욱 참혹했다.

조용히 웃고 있는 정하얀과 팔과 다리가 잘린 채로 뒹굴고 있는 박혜영.

꿈틀거리는 모습에 나도 모르게 헛구역질이 나올 뻔했지만 억지로 다시 집어넣었다.

흔들리는 정하얀의 눈동자가 보였기 때문이다.

마력으로 만들어진 벽을 봤을 때 이상한 불안감이 감돌기는 했지만 내가 상상했던 것 이상이다.

'어떻게 해야 하지?'

어떤 식으로 방향을 잡아야 할지 무척이나 애매하다. 일이 터지기 전에 말리는 것이 최고의 해결책이라고 생각해 서둘러 정하얀을 찾아 나선 보람이 없다.

'박덕구라도 있었다면.'

녀석은 마력을 느끼지 못한다.

왼쪽 길을 둘러봐 달라고 말한 뒤 혼자 온 것이 통한의 실수다.

"읍…… 읍!"

그 와중에도 정체를 알 수 없는 마법에 입이 막힌 채 도움을 청하는 박혜영의 모습은 기가 찰 지경이다.

정하얀이 어떤 반응을 보일지 도무지 알 수가 없다.

슬쩍 정하얀을 바라보니 혼이라도 빠져나간 표정이다.

갑작스러운 상황에 그녀 역시 사고가 정지된 것이다.

사실 나 역시 그녀와 별반 다르지 않다. 두 가지 선택지 사이에서 계속해서 고민하고 있었으니까.

'도망치는 것이 옳은가.'

아니면.

'모르는 척하는 것이 옳은가.'

생각해 볼 수밖에 없는 문제.

위험을 느낀 신체는 계속해서 발을 돌리라 소리치고 있지만 뇌는 그 기대를 배신했다.

이해득실을 따지기 시작한 것이다.

정하얀은 틀림없이 이쪽에 호감을 가지고 있다. 심지어 그 감정은 이미 옛날 옛적에 뛰어넘었다고 해도 과언이 아니다. 박혜영을 죽이려고 한 이유 역시 어쩌면 나와 관련이 있을 가능성이 높다.

아니, 틀림없이 관련이 있다.

어쩌면 평소에 박혜영에게 악감정을 가지고 있다고 생각할 수도 있지만, 그녀가 지금까지 보인 반응을 바탕으로 추론해 본다면 답은 하나다.

이곳에서 내가 정하얀을 기피하는 모습을 보이면.

어쩌면 그녀의 화살이 내게 향할 수도 있다.

내가 알 수조차 없는 마법을 펑펑 써대는 미친 여자와 드잡이를 하는 건 사양이다.

이렇게 계속해서 시간을 보내고 있는 것도 무척이나 부자연스럽게 느껴질 지경.

결국에는 조심스럽게 입을 열 수밖에 없었다.

가장 합리적인 선택이다.

"혜, 혜영 씨는 어떻게…… 된 거야?"

"네?"

제발 내가 주는 기회를 배신하지 말았으면 하는 생각이 든다. 제발 정답을 말해줬으면 좋겠다. 더 이상 이쪽이 어떻게 도와줄 수가 없다.

"팔이랑 다리가 어째서……. 어떻게 된 거지?"

손으로 입을 막는 것도 잊지 않는다. 믿을 수 없다는 표정도 빼놓을 수 없다.

정하얀의 표정이 조금 밝아진 것은 바로 그때.

예상과는 다른 내 반응에 자신이 상상하는 최악의 상황은 오지 않았다고 생각하는 것 같았다. 이 일이 자신이 벌인 일이라는 것을 들키지 않았다고 생각하는 게 틀림없다.

말할 수 있는 선택지는 아주 간단.

그녀라면 답을 찾을 수 있을 것이다.

"저도 자세히는 잘 모르겠어요. 가, 갑자기……."

떨리는 손과 발. 부들거리는 입술과 떨리는 목소리.

그녀는 공포에 질린 것이 아니다.

이 일을 자신이 벌였다는 것을 알리고 싶어 하지 않는 것이다.

어쩌면 거짓말에 익숙하지 않기 때문에 나오는 반응일 수도 있다. 그럼에도 정하얀은 계속해서 말을 이어나간다.

"눈을 뜨니 모두와 떨어져 있어서 어떻게 된 건지는 모르겠어요. 제가 여기에 왔을 때는 혜영 씨가…… 이, 이렇게."

'나쁘지 않아.'

나쁜 변명은 아니다.

나는 떨리는 손으로 정하얀의 손을 잡고 그녀를 품에 안았다.

"어디 다치지는 않았지?"

"오, 오빠."

어딘가 다치는 것을 염려해야 하는 것은 나다.

심장이 미친 듯이 쿵쾅거린다.

혹시라도 그녀가 외워놓은 주문이 없는지 자꾸만 체크하게 되는 것은 물론, 손에 쥔 창에도 힘이 들어간다.

그 와중에도 박혜영은 공포에 질린 눈으로 정하얀을 바라보는 중이다.

"읍! 읍! 읍! 읍읍! 읍!"

대충 무슨 말을 하고 있는 건지 유추해 볼 수 있다.

'도망쳐.'

혹은.

'살려주세요.'

후자일 확률이 높지만 안타깝게도 이쪽이 해줄 수 있는 것은 없다. 지금 이 자리에서 정하얀을 적대하거나 도외시하는 것은 자살행위에 가깝다.

그녀의 정신은 틀림없이 마모됐고 내가 생각하는 것보다 더 망가졌다.

이쪽에 호감을 가지고 있지만 그 집착이 타인에 대한 분노, 살인으로 이어진 만큼 내가 그녀를 부정했을 때 그녀가 어떤 반응을 보일지 알 수 없었다.

아마 그 분노가 여기까지 뻗쳐 나오리라.

다루기 힘든 폭탄이지만 이쪽에 호감을 가지고 있는, 잘 써먹을 수 있는 인재와 성장 가능성이 적은 쓰레기 중 누구를 선택해야 하는가.

답은 뻔하다.

누가 봐도 정하얀 쪽으로 붙는 것이 합리적이다.

문제는 그것뿐만이 아니다.

'살릴 수 없어.'

천천히 죽어가는 박혜영을 살릴 능력이 없다. 만약 그녀가 정말로 쓸 만한 패라 하더라도 지금은 버릴 수밖에 없는 상황이다.

그녀의 마음은 이해가 가지만 이쪽 역시 필사적이다.

"읍! 읍! 읍읍! 읍읍읍! 읍!"

살려달라고, 제발 버리지 말아달라고 이쪽을 간절히 보는 눈을 외면하기 어렵다.

나는 급하게 그녀에게 다가가 옷으로 상처 부위를 동여매기 시작했다.

정하얀이 깜짝 놀랐지만 그녀 역시 알고 있을 것이다.

'박혜영은 죽는다. 아마 얼마 지나지 않아서 죽을 거다.'

이미 출혈이 너무 크다. 천천히 정신을 잃어가고 있고 눈동자의 초점이 흐려지고 있다.

"어쩌면 던전에 있는 함정이 발동됐을 가능성도 있어. 하얀이는 눈치채지 못했겠지만 마력으로 이루어진 벽을 통과하고 들어왔으니까."

정하얀이 만들어낸 벽이다.

"……."

"지하로 내려가는 입구에서 마력이 느껴진 것을 생각해 보면 이 근처에 함정과 비슷한 장치가 있을 수도 있지. 그걸 고려하지 못했어."

1층에 그딴 장치 따위는 없다. 확신할 수 있다.

"아마 내가 주문을 외우던 과정에서 함정이 발동됐을 가능성이 클 거야. 지금 입을 막고 있는 마법 역시 우리가 알 수 없는 함정일 가능성이 크고. 다행히 주변에 다른 마력은 느껴지지 않지만……."

주문을 발동한 것은 정하얀이다.

"네…… 네."

"읍! 읍!"

정하얀을 위한 적당한 시나리오는 이미 완성됐다.

문제는 김현성에게도 이 개소리가 먹힐 것이냐에 대한 것.

이미 한 번 이곳을 와본 녀석은 1층에 함정 따위가 없다는 걸 파악하고 있을 것이다. 되도 않는 말로 개소리를 지껄였다간 의심받는 것은 이쪽이다.

지금 이 자리에 있는 박혜영을 어떻게 해야 할지 당최 감이 오지 않는다.

녀석이 혜영 씨를 발견했을 때 어떤 반응을 보일까에 대한 것.

함정에 당했다?

애초에 이곳에 함정은 없고 녀석은 그걸 알고 있다.

괴물에게 당했다?

절단면이 너무 깔끔하다. 누가 보더라도 지금 박혜영은 괴물에게 공격당한 것이 아니다.

몸 주변에서 희미하게 남아 있는 마력의 향이나 아직까지 입을 봉인하고 있는 정체불명의 마법은 틀림없이 박혜영이 괴물이 아닌 이질적인 힘에 죽었다는 것을 말해주고 있었다.

김현성이라면 틀림없이, 틀림없이 눈치챌 수 있다.

계속해서 상처를 동여매고 있기는 하지만 이걸로 응급처치가 될 리가 만무.

기본적인 지혈법이나 응급처치도 배운 적이 없다.

뭐라도 하는 척하는 게 내가 할 수 있는 한계.

'제기랄.'

결국에는 꿈틀거리며 발버둥 치던 박혜영의 움직임이 조금씩 줄어들고 있는 것이 느껴졌다.

'발견되면 안 돼.'

김현성에게 그녀가 발견되면 안 된다.

최고의 방법은 괴물들이 그녀를 발견하는 것이지만 생각할 것이 너무 많다.

무엇보다.

'내키지 않아.'

내키지가 않는다.

마지막 양심이라고 생각하는 것이 맞으리라.

숨을 헐떡거리기 시작한 그녀가 눈에 비친다. 숨이 끊어지고 있는 것이다.

나는 조용히 주문을 외우기 시작했다.

"주여, 뜨거운 화염을, 막아낼 수 있는 힘을."

정하얀은 그런 내 모습을 뭔가 뒤숭숭한 표정으로 바라보고 있었다.

"화염벽."

없는 마력을 끄집어서 사용한 마법이다.

순간적으로 정신이 어지러워졌지만 입술을 꽉 깨물고 마법을 유지하는 데 집중했다.

"오, 오빠."

"데려가기 힘들 거야. 이미 출혈이 너무 커. 함께 가려고 했다가는 우리까지 죽을 거야. 너마저 잃을 수는 없어. 그러니 일단은 빨리 이곳을 벗어나야 해. 시체를 수습해 줄 수는 없으니까. 최소한 이렇게라도 하는 게 맞아. 그래. 이렇게 하는 게 맞아."

이미 숨이 끊어진 박혜영에게 달라붙기 시작한 불길은 그녀를 계속해서 좀먹었다. 넘실거리는 불꽃이 마치 파티라도 벌이는 듯한 모습이다.

멍하니 그 광경을 바라보게 된다.

'최선의 선택이었어.'

가장 합리적인 선택이었다.

살짝 정하얀의 표정을 보니 뭔가 웃음을 참기 힘들어 하는 느낌이었다. 입에서는 욕지기가 튀어나왔지만 괴물이 된 것은 그녀뿐만이 아니다.

나 역시 그녀와 마찬가지다.

왠지 모르게 자괴감이 든다.

조금 더 불길을 지켜보고 싶지만 계속해서 이곳에 있는 건 자살행위다.

내가 만들어낸 불꽃 때문인지 정하얀이 만들어 놓은 마법 벽이 허물어졌다.

곧바로 발걸음을 옮기자 박덕구가 나를 기다리고 있는 것이 보였다.

"혜영 씨는 어디 갔소? 누님은 무사……."

굳이 대답하지 않고 고개를 젓자 무슨 상황인지 알겠다는 듯 고개를 끄덕이는 녀석의 얼굴이 시야에 비쳤다.

정하얀을 발견하고 나서는 살짝 미소를 짓고 있었지만 박혜영이 죽었다는 것을 암시하자 표정이 조금 굳어진 것이다.

"주변에 다른 괴물들은?"

"그렇게 많이 보이지 않는 것을 보니 아마 김현성 형씨가 녀석들을 끌고 반대쪽으로 향한 것 같은데……. 재빠른 양반이니 어떻게든 살아남을 수 있겠지 않겠소?"

"다행이네."

정말로 다행이다. 녀석이 그만큼 이곳에서 멀리 떨어져 있었다는 건 정말 다행이다.

"그나저나 어, 어떻게 된 거요?"

"설명하자면 길다. 나중에 설명해 줄게. 조금 말하기 힘든 이야기이기도 하고……."

"아, 알겠소, 형님."

박덕구에게는 대충 설명해도 상관없으리라.

정하얀의 이야기는 웬만하면 하지 않는 것이 나을 것 같다고 생각하며 계속해서 달리기 시작하니 이쪽으로 달려드는 괴물이 몇몇 보였다.

“형님 괜찮은 거요?”

“마력이 부족해.”

“너무 무리하지 마쇼.”

박덕구가 녀석들을 밀어내며 달리자 어느 정도 그 지점에서 멀어질 수 있었다.

폐가 터질 것 같은 느낌.

박덕구나 정하얀도 별반 다르지 않다. 모두가 지친 기색이 역력하다.

솔직히 쓰러질 것 같은 심정이다.

그래도 정신을 잃으면 안 된다는 사실을 알고 있다.

이 일을 끝까지 마무리해야 한다.

조금은 어두운 표정으로 뒤쪽을 바라보자 정하얀이 이쪽을 향해 은근슬쩍 입을 열었다.

“여, 역시…… 스, 슬프세요?”

불안해하는 표정과 질문이다.

물론 나는 그 질문에 대한 대답을 잘 알고 있다.

“네가 다치지 않아서 다행이다.”

내 목소리에 정하얀의 입꼬리가 올라갔다. 아주 활짝 웃고 있는 그녀의 모습이 시야에 들어온다.

"오, 오, 오빠."

"정말로 무사해서 다행이다."

반 정도는 진심이었다.

"김현성, 그 형씨는 무사한지 모르겠소."

"무사할 거야."

놈들의 포위망을 어느 정도 뚫어내자 박덕구가 툭 하니 말을 뱉었다.

조금은 걱정하는 눈치.

박혜영이 돌아오지 못했다는 소리를 면전에서 들으니 기분이 좀 싱숭생숭한 것 같았다.

김현성이 혼자서 다른 괴물들은 전부 끌고 간 거나 마찬가지인 만큼 녀석 역시 박혜영처럼 돌아오지 못하는 것은 아닌지, 걱정하는 것이다.

그러나 아무리 수세에 몰렸다고 한들 김현성이 괴물들에게 잡아 뜯기는 장면은 상상하기 힘들었다.

제대로 움직이면 눈으로 따라가기조차 힘들 정도니 괴물들 여럿 따돌리는 것은 일도 아닐 것이다.

아마 지금쯤 그 양반도 그쪽 지역을 빠져나와 나와 같은 것을 걱정하고 있을 확률이 높다.

꽤나 공들여서 나간 사냥에서 한 명이 죽어서 돌아왔다.

아마 쉼터에 있는 이들이 조금 더 웅크리게 되는 계기가 될 것이다.

이 원정은 무조건 성공적으로 끝마쳤어야 하는 원정이었다.

물론 김현성은 아직 박혜영이 죽었다는 사실을 모르겠지만 사고가 터진 것만으로도 충분히 머리가 아플 거라고 생각했다.

“조금은 아쉽게 됐소. 박혜영 그 여자랑 별로 친하지는 않았지만 그래도 열심히 하려고 한 것 같았는데…….”

“하마터면 전부 다 뒈질 뻔했으니 이 정도면 싸게 먹힌 거야.”

“그, 그렇기는 하지만.”

“지금은 살아 돌아왔다는 걸 감사하게 생각해야 해. 어쩔 수 없었다. 이쪽 말을 듣지 않고 설치다가 어그로가 끌린 것도 그 여자 탓이었고, 주변의 괴물들한테 전부 다 들으라는 듯 소리를 지른 것도 그쪽이었어. 냉정하게 말해서 그 여자 대신 너나 하얀이가 죽었다면 나는 박혜영을 용서하지 못했을 거다.”

‘용서하지 못한다’라는 정도로 끝날 수 있는 일이 아니다.

내가 직접 그 여자를 죽이고 싶어졌을지도 모른다.

그만큼 박덕구와 정하얀은 소중한 패다.

슬쩍 시선을 돌리니 정하얀은 물론이고 박덕구도 나를 묘한 표정으로 바라보고 있었다.

뭔가 감동받은 표정의 정하얀과 조금은 쑥스러워하는 것 같은 느낌의 박덕구.

“아…….”

“뭐, 그, 그건 나도 마찬가지요.”

사실 박혜영을 죽인 건 정하얀이지만 지금은 그런 것 따위는 별로 생각하고 싶지 않았다.

김현성을 제외하면 지금 내가 가장 의지할 수 있는 사람은 이 두 명이다.

내구와 체력이 높은 고기방패 박덕구, 마법사로서 측정하기 힘든 잠재 능력을 가지고 있는 정하얀.

둘 다 나에게 어느 정도 의지하고 있다는 단점은 있지만 어떻게 본다면 장점이기도 하다.

그중 한 명이 내가 감당할 수 없는 폭탄이라는 게 문제지만 그녀의 성향상 이쪽의 힘이 될 가능성이 높다.

“그건 그렇고 쉼터에 있는 사람들한테는 어떻게 설명할 거요?”

“설명하고 자시고도 없어. 실수가 있었고 한 명이 죽었다. 그게 전부야. 이 정도에 겁먹는다면…….”

“겁먹는다면?”

“이쪽이 도움을 주고 싶다고 해도 결국에는 죽을 거다. 지금 우리가 있는 곳이 튜토리얼이라는 사실을 잘 기억해야 해. 본게임에 들어가면 지금보다 몇 배는 위험하다고 가정하는 게 맞아.”

가끔 지금 우리가 하고 있는 것이 튜토리얼이라는 것을 까먹을 때가 많다.

자칫 잘못하면 뒈진다는 긴장감 때문이다.

우리는 이제 막 시작했을 뿐이다.

본게임에 들어간다면 김현성도 어떻게 하지 못할 인간들이 득실거릴 수도 있고, 지금 상대하고 있는 괴물과는 비교도 되지 않는 새끼들이 널려 있을지도 모른다.

‘안주하면 안 돼.’

쉼터에 있는 놈들처럼 안주하면 죽는다.

그나마 생각이 있는 것 같은 이지혜를 제외하곤 대부분이 병신들. 어떻게 쓸 만한 녀석이 단 한 명도 없을 수 있는지 당황스럽다.

어째서 김현성이 이런 놈들에게 집착하는지 이해할 수 없을 정도.

지난 생과 연관이 있는 것은 아닐까 하는 생각이 들기는 했지만 지금 녀석의 과거까지 파헤치기에는 여유가 없었다.

“오늘은 이쪽에서 자고 간다.”

"쉼터에는 들어가지 않는 거요?"

"너무 멀어."

"거의 다 왔다고 생각했는데……. 끄응. 형님은 어떻게 길을 그렇게 잘 외우는지 모르겠소."

"이 정도는 보통이야. 애초에 알아볼 수 있는 표시를 남기기도 했고."

"그새 표식까지 남겼소?"

'이 자식…….'

애초에 박덕구에게 머리 쓰는 건 기대하지도 않았지만 이 정도면 뇌까지 근육으로 차 있는 것이 틀림없다.

잠시 내가 어이없어 하는 걸 봤는지 박덕구가 움찔거렸다.

정하얀이 황급하게 말을 이었다.

"여, 여기요."

창으로 살짝 긁어낸 것 같은 상처.

벽에 아주 작게 만들어진 상처가 확실히 시야에 비친다.

"누님도 알고 있었구먼."

"주변을 조금 더 신경 쓰는 게 좋아. 만약에 아까처럼 너와 내가 떨어져야 되는 상황이 생기면 어떻게 하려고 그래?"

"큼. 그럴 일은 없을 것 같은데……."

말끝을 흐리는 녀석을 보니 조금은 당황스러워진다. 괜스레 민망했는지 두리번거리며 자리를 잡는 꼴이 꽤나 가관이다.

이런 곳에서 녀석에게 잔소리를 할 생각은 없었기 때문에 나 역시 피곤해진 몸으로 살짝 주저앉았다.

정하얀은 고목나무에 붙은 매미라도 되는 것처럼 이쪽에 찰싹 달라붙어 온다.

그 모습을 본 박덕구의 표정이 뭔가 음흉해 보인다.

"큼큼. 형님, 그럼 나는 잠깐 주변을 둘러보고 오겠소."

"그럴 필요가 있나?"

웬만하면 박덕구가 자리를 떠나주지 않았으면 좋겠다 싶다.

"혹시 주변에 이쪽이 발견하지 못한 괴물 새끼가 있는지 누가 알겠소."

틀린 말은 아니다.

"거, 형님은 마력인지 뭔지를 많이 사용하기도 했고, 누님이 조금 보살펴 주는 게 좋을 것 같은데."

"아! 마, 맡겨주세요, 덕구 씨."

"길 잃어버리지 마라."

"주변만 살짝 둘러보는 정도요."

대충 고개를 끄덕였다.

슬쩍 자리를 떠나는 모습을 보니 괜스레 정하얀과 단둘만 남았다는 사실이 걱정된다.

대뜸 이쪽에 마법을 날릴 정도로 미치진 않다는 건 알고 있지만 아까 전에 봤던 장면이 잊히지 않는다. 히죽거리는 정하얀과 팔다리가 잘린 채로 꿈틀거리던 박혜영.

무섭다는 감정이 생기지 않을 리가 없다.

"상태창."

괜스레 상태창을 한 번 외쳐보자 자연스럽게 시야에 내 정보가 비쳤다.

[플레이어 이기영의 상태창과 재능 수치를 확인합니다.]

**[이름-이기영]**

[칭호-없습니다. 조금 더 노력하셔야겠네요.]

[나이-25]

[성향-용의주도한 전략가]

[직업-마법사]

[직업효과-기초 마법 지식 습득]

**[능력치]**

[근력-10/성장 한계치 일반 이하]

[민첩-11/성장 한계치 일반 이하]

[체력-14/성장 한계치 일반 이하]

[지력-25/성장 한계치 영웅 이상]

[내구–12/성장 한계치 일반 이하]

[행운–23/성장 한계치 영웅 이상]

[마력–05/성장 한계치 일반 이하]

**[장비–없음]**

**[특성–마음의 눈]**

[총평–쥐꼬리만큼 성장하셨군요. 체력과 마력, 지력을 중심으로 많은 성장을 확인할 수 있습니다. 머리 쓸 일이 많았나 봐요? 특히나 높은 성장치를 기록한 지력이 눈에 들어옵니다. 너무 자만하지 말도록 하세요. 아직까지 플레이어 이기영의 능력치는 몬스터들의 분비물보다 못한 수준이니까요.]

도대체 이 총평은 누구의 의견을 바탕으로 작성된 건지 모르겠지만 마음에 들지 않는다. 이 능력이 없었으면 여기까지 올 수도 없었겠지만 저 총평만큼은 어떻게 조치를 취하고 싶을 정도.

그렇지만 능력치의 성장에 조금은 기분이 좋아질 수밖에 없었다.

그동안 마력이 2가 올라간 것이 눈에 띈다.

확실히 머리 쓸 일이 많기는 했는지 지력이 다른 능력치에 비해 압도적으로 높다.

아직까지 지력 스탯의 정확한 존재 이유를 모르는 만큼 뭐가 좋아졌는지는 알 수 없지만 아마 기본적인 사고력은 이전보다 조금 나아졌을 것이다.

'행운.'

미지에 쌓여 있는 행운 수치 역시 마찬가지로 두 단계나 올라간 상황.

정하얀의 상태가 이렇게 된 것이 이쪽에 그리 나쁘게 작용하지는 않았다는 걸 말해주고 있는 것 같아 그나마 반가워졌다.

'나쁘지 않아.'

재능 최하위를 달려가고 있는 쓰레기치고는 꽤나 좋은 성장치. 이 정도라면 다른 일반인들에 비해서도 그렇게 밀린다고 할 수는 없다.

"능력치…… 오르셨나 봐요?"

"응. 하얀이는 뭔가 달라진 게 있어?"

"아, 아뇨. 아직은……. 그래도 마력이 조금 더 올라갔어요. 체력이나 근력 같은 것도……."

"그거 다행이네."

[플레이어 정하얀의 상태창과 잠재 능력을 확인합니다.]

**[이름–정하얀]**

[칭호–없습니다. 조금 더 노력하셔야겠네요.]

[나이–21]

[성향–순수한 옹호자]

[직업–마법사–일반 등급]

**[능력치]**

[근력–11/성장 한계치 희귀 이하]

[민첩–11/성장 한계치 희귀 이하]

[체력–15/성장 한계치 영웅 이하]

[지력–23/성장 한계치 영웅 이상]

[내구–14/성장 한계치 희귀 이하]

[행운–23/성장 한계치 영웅 이상]

[마력–18/성장 한계치 전설 이상]

**[장비–없음]**

**[특성–마법사가 되는 방법–영웅 등급]**

[총평–조심하세요. 나이스 보트.]

혹시나 싶어 정하얀의 상태창을 열어봤지만 이전과 크게

달라진 건 찾을 수 없었다.

눈에 띄는 것은 마력이 3이나 올라갔다는 것.

순수한 옹호자인 성향도 아직은 그대로. 지금의 상태도 확실히 순수하다면 순수하다고 말할 수 있는 상태니 불만은 없지만 조금 더 이쪽이 알아보기 쉽게 표기해 줬으면 싶었다.

'총평은 또 뭐야.'

왠지 모르게 불길하게 들려오는 울림이다.

"저, 전부 오, 오, 오빠 덕분이에요."

"아니. 사실 내가 크게 도와준 건 없어."

그녀의 능력치의 성장을 도와주는 것에 내가 크게 기여한 점은 없다.

내가 조용히 웃자 정하얀 역시 환하게 웃기 시작했다.

조금 무섭게 보이는 웃음이지만 티를 낼 수 있을 리가 만무하다.

살짝 머리를 쓰다듬자 고개를 푹 숙이는 것이 시야에 비친다. 박혜영의 팔다리를 잘라내며 미친년처럼 웃고 있었던 모습은 이미 이 자리에 없다.

한 번 더 그녀가 나에게 호감을 가지고 있다는 것을 눈치챌 수밖에 없는 상황.

현재 정하얀은 내가 제일 신경 쓰고 있는 사람이다.

컨트롤 불가능한 폭탄을 컨트롤할 수 있게 만들어야 하기 때문.

'선택지는 두 가지.'

첫 번째. 아주 천천히 밀어낸다. 그녀를 내 품에서 밀어낸다는 의미가 아니다. 애인 이상의 호감도에서 오빠와 여동생 같은 포지션으로 밀어낸다.

남녀 간의 애정이 아닌 남매의 애정으로 강도를 낮춘다.

질투심 때문에 나를 마법으로 절단하는 일은 일어나지 않을 것이다. 사실상 가장 안전한 방법이기도 하고 합리적이기도 하다.

두 번째. 빠르게 이쪽으로 끌어들인다.

두 번째 선택지가 바로 남녀 간의 애정이다. 이쪽을 신뢰하고 믿고 따르는 것은 물론, 이쪽의 말이라면 무조건 따를 수 있을 정도의 사이로 발전시킨다.

기실 말도 안 되는 이야기지만 지금 정하얀의 상태로 봤을 때 불가능한 일처럼 보이지 않는다.

사실 마음속으로 생각하고 있는 것은 첫 번째 선택지.

쉽지 않을 거라는 건 알고 있지만 아직 관계를 개선할 여지는 있다.

여러 생각을 하며 다시금 머리를 쓰다듬자 자기 머리 위에 올린 내 손을 잡았다.

솔직히 조금 놀랐다.

"큼큼."

순찰을 나갔던 박덕구가 돌아온 것이다.

"거, 분위기 좋은 것 같구먼."

"네? 네? 아, 아니. 그게 아니라……."

조금 지나치게 당황하는 정하얀.

박덕구는 아까처럼 음흉한 미소를 지으며 정하얀을 향해 입을 열었다.

"형님을 돌봐주라고 했던 것 같은데 누님도 조금 엉큼한 면이 있는 거 아니요?"

"그, 그런 거 아니에요."

실실 웃고 있는 박덕구가 부담스러웠는지 정하얀은 자리에서 몸을 일으켜 구석진 곳으로 슬쩍 자리를 옮겼다.

그 모습을 본 박덕구는 또 실실 웃으며 내 옆자리에 털썩 주저 앉았다.

"거, 내가 너무 일찍 온 거요?"

"무슨 말이야."

"거, 누님이랑 잘되고 있었던 거 아니요?"

이 자식은 도대체 무슨 말을 하는 건지 알 수가 없다.

아니, 생각해 보니 놈의 나이는 23살. 정하얀의 나이는 21살이다.

어째서 정하얀을 누님이라고 부르는지 알 수 없을 지경.

누가 봐도 정하얀은 박덕구보다 어려 보인다.

"정하얀이 너보다 어리다는 건 알고 있지?"

"물론이요. 그렇다고는 해도 형님의 여자가 될 사람을 동생 취급하는 아우가 어디 있겠소."

"무슨……."

'개소리야'라는 말이 입 밖으로 튀어나올 뻔했다.

그러고 보니 뭔가가 이상하긴 이상하다.

애초에 이쪽이 정하얀에게 원하고 있었던 것은 애정관계가 아닌 유대관계다.

그녀의 주변 환경이 그녀를 이상한 방향으로 이끈 것은 사실이지만 그럼에도 불구하고 아직도 맞춰지지 않은 퍼즐 조각이 있었다.

그 마지막 조각이 맞추어진 기분이다.

있었던 것이다.

'제길…….'

사랑의 조력자가.

"나중에 잘되면 잊지 마쇼. 사실 말은 안 했지만 형님이 누님을 잘 챙겨달라는 말을 한 뒤로 이쪽에서도 은근슬쩍 푸시해 주고 있었소."

"뭐, 뭘 어떻게……."

"큼큼. 뭐, 잘 어울린다든가 형님이 마음이 있을지도 모른다고 흘리기도 하고. 누님한테 은근슬쩍 떠보기도 하고 그런 식이었는데 너무 많아서 잘 기억도 나지 않은데. 흐흐. 너무 고마워하지 않아도 괜찮소.”

“…….”

“취향이 조금 특이하다고 생각했었는데……. 큼! 형님이 그렇다는데 동생인 내가 도와주는 게 맞지! 내가 볼 때는 고지가 눈앞에 있는 것 같소. 사실 내가 생긴 건 이렇게 생겼어도 강원도 연애 박사 박덕구하면 모르는 사람이 없었다오.”

내 마음을 아는지 모르는지 박덕구는 입꼬리를 올리며 자기자랑을 쏟아냈다.

황당해서 말도 안 나온다.

첫 번째 선택지니 두 번째 선택지니 구분하는 것은 무의미하다는 것을 깨달을 수밖에 없었다.

‘박덕구 이 돼지 새끼가…….’

완벽에 가까운 외통수.

뇌가 근육으로 꽉 찬 돼지의 설계를 막을 수 있는 수가 떠오르지 않았다.

# 5장
# 계산적인 살인자

애초에 내게 선택지 따위는 없었다. 박덕구의 설계대로라면 정하얀은 첫 번째 선택지 자체에 거부감을 느끼고 있을 것이다.

아니, 애초에 이쪽이 무슨 생각을 하든지 간에 정하얀은 혼자 두 번째 선택지를 향해 달려가고 있을 확률이 높다.

"크어어엉."

옆쪽에서 코를 골고 있는 박덕구를 보자 괜스레 심사가 뒤틀렸다.

애초에 이곳에서 연애를 할 생각이 있을 리가 만무.

언제 죽어 나갈지 모르는 곳에서 그런 감정을 품는다는 것 자체가 이성적이지 않다.

관계를 가지는 것과는 아예 다른 이야기.

언제 내 신체를 절단할지 모르는 여자와 지금보다 더 가까워지는 것은 사양이었지만…….

'해야 돼.'

아이러니하게도 사지가 찢겨져 죽는 엔딩을 피하는 방법은 그녀와 더 가까워지는 것뿐이다.

가장 위험한 사람임과 동시에 가장 믿을 수 있는 사람.

도박은 즐기지 않지만 필요하다면 주사위를 던질 준비는 되어 있다.

인정하기 싫은 현실에 짧게 고개를 끄덕이며 아직까지 코를 골고 있는 박덕구를 향해 입을 열었다.

"일어나."

"끄으으으응."

"일어나라, 덕구야."

"끄으응. 뭐요. 벌써 아침이오?"

"조금 일찍 출발할 거야."

"어이, 누님. 일어나쇼."

"……."

"조금 깊게 잠든 모양인데? 누님, 일어날 시간이요."

"……."

"끄응. 거, 아무래도 우리 누님이 잠자는 숲속의 공주가 된 것 같은데. 이거, 이거 왕자님의 입맞춤이 필요한 거 아니요?"

'개자식.'

이쪽의 속도 모르고 약 올리는 듯한 말투다.

입에 화염구를 먹여주고 싶을 지경.

마침 마력도 대부분 회복된 참이다. 별것 아닌 대사가 왜 이렇게 나를 사지로 몰아넣는 것처럼 들리는지 알 수 없었다.

그래도 정하얀을 깨워야 하는 만큼 나는 살짝 발걸음을 옮길 수밖에 없었다.

"하얀아."

"……."

"하얀아, 일어나야지."

"으응."

살짝 머리를 쓰다듬자 그제야 눈을 비비며 일어나는 정하얀이 시야에 비쳤다.

아직은 잠이 덜 깬 것 같은 느낌.

내 모습을 보고 깜짝 놀라며 허둥지둥하는 모습이 한눈에 들어왔지만 왠지 저런 모습조차 조금은 무섭게 느껴졌다.

"아…… 앗. 네, 오빠."

"곧바로 쉼터로 갈 거야."

"알겠소."

"간단하게 먹고 출발할 수 있도록 하자."

"큼. 준비는 맡겨주쇼."

정말로 간단한 식사를 마치고 움직일 준비를 하는 것은 순식간이었다.

누군가 인간은 적응의 동물이라고 했던가. 모두가 각자의 방법으로 아침을 맞이하는 것을 보니 제법 맞는 소리라는 것을 깨달을 수 있었다.

"김현성, 그 형씨도 형씨지만 쉼터도 괜찮은지 모르겠소. 조금 시간을 오래 비운 것 같은데."

"아마도 괜찮을 거다. 그곳에 있는 놈들이 괜히 헛바람이 불어서 지들끼리 사냥을 나가거나 하지만 않으면……."

"제대로 할 수 있다면 더 좋은 거 아니요? 싸울 수 있는 인원은 어차피 더 늘어나야 되니까."

물론 제대로 사냥만 할 수 있다면 이쪽에서도 굳이 막을 이유는 없다.

"지금까지 겁을 집어먹고 숨어 있던 놈들이 뭔가 심경의 변화가 생긴다고 해서 갑자기 달라질 수 있을 것 같아? 지들끼리 뭉쳐서 사냥을 해보겠다고 나갈 확률도 낮을뿐더러, 만약에 나갔다고 하더라도 제대로 못하면 전부 뒈졌을 거다. 차라리 그게 낫지."

"뭔 소리요?"

"박혜영 같은 사태가 일어나지 않기를 바라야 한다는 거야."

쉼터 안에 있는 이들끼리 사냥을 나갈 확률은 낮다.

그러나 자체적으로 파티를 만들어 밖에 나가서 괴물들을 찾아 나섰다고 한다면 이쪽에서 생각해 볼 수 있는 최악의 상황이 있기는 있다.

물론, 내 판단이 전부 옳다고는 할 수 없지만…….

"패닉에 빠져서 소리를 지르고 주변에 괴물들을 전부 몰아온 이후에 쉼터로 복귀하는 게 최악의 시나리오지."

"……."

"……."

"아마 쉼터가 위험해진다고 판단하는 놈들도 없을 거다. 전부 다 자기 살기 바쁠 테니까. 공포에 질린 인간은 이성적인 판단을 할 수가 없거든. 결국 물량으로 들이닥치기 시작한 괴물들을 막지 못한 채 입구가 뚫리고 거기서 쉼터는 끝."

"거, 상상만으로도 끔찍하게 들리오."

정말로 끔찍하다.

"현성 씨가 멀리 돌아가라고 지시했던 이유도 바로 그거일 거야. 혹시 이쪽을 아직까지 쫓아오고 있는 괴물 새끼들이 있을지도 모르니까."

"거, 형님은 생각하면 생각할수록 똑똑한 것 같소."

나는 절대로 똑똑한 게 아니다.

"그런 건 아니야."

다만 항상 최악의 상황을 떠올리고 행동할 뿐이다.

계속해서 발걸음을 옮기는 와중에도 괜스레 불안해진다. 앞서 말했던 상황이 정말로 일어났을 거라고 상상하는 것만으로도 입안이 바짝 말라왔다.

사실 이쪽이야 쉼터에 있는 인간들이 어떻게 되든 상관하지 않지만 그곳에 두고 온 자원이나 재원이 없어지는 것은 사양이기 때문이다.

기껏 안정화 해놓은 장소.

던전 공략의 길이 아직까지 보이지 않는 만큼 쉼터는 아직까지 우리에게 필요한 장소다.

여러 가지 생각을 하며 길을 걷자 묘하게 조용한 것 같은 장내.

이런 침묵은 조금 부담스러웠기 때문에 박덕구와 정하얀과 함께 이야기를 나누자 얼마 지나지 않아 쉼터가 시야에 들어왔다.

평소와는 다르게 꽉 막혀 있는 입구.

이쪽을 발견했는지 이지혜가 돌무더기를 치우며 밖으로 나오는 게 눈에 보였다.

얼마나 단단하게 쌓아뒀는지 한참이나 지나서야 나오는 모습. 천천히 이쪽으로 다가오던 이지혜는 평소대로의 미소를 보내오며 이쪽으로 다가와 입을 열었다.

"기영 오빠, 덕구 오빠 오셨어요? 혜영 씨랑 현성 씨는……."

"박혜영은 죽었고 현성 씨는 곧 돌아올 겁니다."

"아, 그렇군요."

조금은 담담하게 꺼낸 말에 잠깐 동안 눈을 감은 이지혜가 고개를 끄덕이며 아까의 말을 이었다.

"어쩌다가……."

"설명하자면 깁니다. 그보다 그동안 쉼터에 별일은 없었습니까?

"으음…… 따로 말씀드려도 될까요?"

편하게 이야기를 하자는 뜻일 것이 분명.

이지혜의 표정이 좋아보이지는 않는다. 뭔가 일이 있기는 있는 것이다.

어째서 항상 슬픈 예감은 틀린 적이 없는지 알 수 없다.

살짝 뒤를 돌아 박덕구를 바라보자 상관없다는 듯이 고개를 끄덕이는 모습이 보였다.

애초에 녀석은 나중에 나에게 듣고 싶어할 테니 상관없겠지만 신경 쓰이는 것은 정하얀의 반응이다.

그러나 이지혜와 대화하는 것은 나로서도 필요한 일인 만큼 정하얀의 머리를 한 차례 쓰다듬어 주며 입을 열 수밖에 없었다.

"먼저 안으로 들어가서 기다릴래? 금방 갈게."

"아! 네…… 네. 오빠."

혹시나 이지혜도 찢어 죽이는 것이 아닌가 걱정됐던 탓이다.

쉼터 안으로 들어가는 와중에도 슬쩍슬쩍 뒤를 돌아보며 이쪽을 바라보는 모습은 왠지 모르게 박혜영 때를 떠올리게 했다.

둘이 시야에 보이지 않게 되자 그제야 이지혜가 천천히 입을 열었다.

"박혜영은 어쩌다가 죽은 거예요?"

"뒈질 만했어. 괴물 새끼들이 널려 있는 곳에서 소리를 질렀지. 김현성이 지금 우리와 함께 하지 않은 것도 그런 이유고…… 자세한 게 궁금해?"

"아니요. 대충 무슨 일이 있었을지 예상이 가요."

살짝 뒤를 돌아보는 모습이 한눈에 들어온다. 정하얀이 떠나간 길을 바라보는 건지는 알 수 없지만 왠지 모르게 이쪽 사정을 대충 눈치챈 것 같은 느낌.

단순한 추론일 뿐이겠지만 내 생각보다 이지혜의 눈치가 조금 더 빠르다는 걸 알 수 있었다.

"이야기는 빨리 끝내야겠네요."

"무슨 일이 있었지?"

"유석우를 포함한 몇몇이 밖으로 나갔어요."

'이럴 줄 알았어.'

"언제?"

"어제 아침."

"너."

"저도 알고 있어요. 함부로 나가게 두면 안 된다는 거."

"그런데…… 왜."

"사실은 기영 오빠가 현성 오빠와 함께 밖으로 나간 직후부터 사냥을 나가겠다는 의견을 지속적으로 이쪽에 말해왔어요. 기영 오빠가 보여준 마법을 보고 다른 마음을 먹은 건지 아니면 자기가 처한 상황이 마음에 들지 않았는지는 모르겠지만 마음이 맞는 남자 몇몇과 함께 사냥을 나간다고 하더라고요? 병신들……. 처음에는 당연히 기영 씨들이 돌아온 이후에 가는 게 합리적일 거라고 설득했지만……."

"……."

"저는 힘없는 여자잖아요?"

무슨 상황인지 대충 이해할 수 있었다.

마법을 사람들 앞에서 보인 게 악영향을 끼친 모양이다.

애초에 유석우는 정하얀과 있었던 트러블 때문에 알게 모르게 불이익을 받고 있는 상황이었다.

자신의 입지가 줄어든 만큼 뭔가를 해야겠다는 생각을 한 번쯤 해보는 것도 무리가 아니다.

이해할 수 없는 힘까지 덤으로 얻을 수 있다고 생각한 것은 물론, 자신도 우리처럼 되고 싶다는 생각을 은연중에 해왔을 것이다.

관리자라고 생각되는 이지혜를 제외하면 나와 김현성, 박덕구의 권력은 이곳에서 절대적이었으니까.

나는 잠깐 한숨을 내쉰 다음 다시 말을 이었다.

"그걸 막는 게 네 일 아니었어?"

"그나마 최대한 막은 거예요. 기영 오빠가 돌아오는 게 조금 늦으니 사람들이 불안해하기도 하고…… 또 구조대를 보내겠다고 말하는 걸 이쪽에서 어떻게 거절하겠어요?"

"구조대는 개뿔…… 평소에는 신경도 쓰지 않던 잡것들이……. 그래서 입구를 막아 놓은 거야?"

"네. 같이 죽을 수는 없잖아요?"

입구가 아예 막아져 있는 것은 그런 연유이리라.

만약 유석우를 비롯한 자칭 구조대들이 괴물들에게 쫓기다 쉼터도 도움을 요청할 경우를 생각한 것이다.

입구를 막고 열어주지 않은 상황까지 생각한 것을 보니 이지혜 역시 나름대로 쉼터를 지킬 생각을 하고 있는 것 같았다.

"사고만 치는 멍청한 새끼는 그냥 콱 죽어버렸으면 싶었는데…… 엉뚱한 사람이 죽어서 돌아왔네요. 어떡하나…… 사람들이 무서워할 텐데……. 싸울 수 있는 사람, 아직도 더 필요해요?"

"많으면 많을수록 좋지."

사실 이 던전을 공략하는 것은 내가 아니라 김현성이다.

전투가 가능하다고 보는 인원이 지금보다 더 필요하다고 생각하는 사람 역시 내가 아니라 김현성.

아래층으로 들어가기 전에는 무조건 인원을 확충해야 된다고 생각하는 것 같았다.

"너는 어때?"

마음의 눈에서도 쓰레기로 평가하고 있었던 이지혜지만 박혜영 같은 년보다는 그나마 낫다.

창을 멋대로 내지르는 일도 없을 테고 중간에 소리를 지르는 일도 없을 것이다.

오히려 박덕구의 뒤에서 침착하게 자기 일을 해줄 확률이 높다.

"저는 사양이에요."

"……."

"무섭기도 하고 괜한 일에 휘말려 죽는 건 사양이거든요. 기영 오빠가 보여준 힘은 확실히 신기하고…… 또 탐이 나기는 하지만 괜한 욕심은 객사하는 지름길이에요."

"……."

"뱁새가 황새 따라가려고 하면 되겠어요? 뱁새는 뱁새 나름대로 사는 방법이 있는 거랍니다."

무슨 이야기를 하는지 알 것 같다.

왠지 모르게 나에게도 해당되는 이야기 같아 입맛이 조금 썼지만 이지혜의 생각은 합리적이기도 하다.

"언제 죽을지 모르는 전쟁터에서 사는 것보다는…… 능력 있는 남자 만나서 평탄하게 사는 게 제일 아니겠어요?"

어디에선가 인기척이 느껴진 것은 이런저런 이야기를 나누고 있었던 그때였다.

자연스럽게 고개를 돌리니 앞 쪽에서 몇몇 인형이 이쪽으로 걸어오는 것이 눈에 들어왔다.

'유석우?'

앞에서 걸어오는 것은 틀림없이 유석우.

그러나 뒤에서 걸어오고 있는 세 명의 인형은 그간 쉼터에서 본 적이 없는 인간들이었다.

"제일 죽었으면 하는 놈만 살아 돌아왔나 보네요. 그것도 혹을 달고……."

"몇 명이서 나갔지?"

"일곱 명이에요."

앞장서서 이쪽에 걸어오고 있는 것은 분명히 유석우였다.

아직은 먼 거리이기 때문에 자세하게 확인이 되지는 않았지만 유석우의 뒤에서 걸어오고 있는 3명은 적어도 이곳에서는 처음 보는 이들이다.

유석우를 포함한 일곱 명의 인원 중에 여섯 명이 돌아오지 않았고 세 명의 다른 인물들이 쉼터로 향하고 있는 것이다.

사냥을 나간 유석우 파티에게 무슨 일이 생겼고 지금 걸어오고 있는 이들에게 도움을 받았다고 생각하는 것이 맞다.

그 과정에서.

'유석우를 빼고 전부 다 뒈진 건가.'

아마도 그럴 확률이 높을 것이다.

걸어오고 있는 이들이 입고 있는 장비만 봐도 어중이떠중이는 아니다.

한 명은 작은 방패와 검을 들고 있었고 나머지 한 명은 창을, 또 나머지 한 명은 활을 들고 있다.

풍기는 분위기나 상처를 감아놓은 붕대를 봤을 때 이미 여러 차례 전투를 치르고 온 이들이 확실해 보였다.

'마음의 눈.'

[플레이어 정진호의 상태창과 잠재 능력을 확인합니다.]

**[이름–정진호]**

[칭호–없음]

[나이–29]

[성향-계산적인 살인자]

[직업-마검사-희귀 등급]

**[능력치]**

[근력-25/성장 한계치 영웅 이상]

[민첩-23/성장 한계치 영웅 이상]

[체력-24/성장 한계치 영웅 이상]

[지력-20/성장 한계치 희귀 이하]

[내구-23/성장 한계치 영웅 이하]

[행운-15/성장 한계치 희귀 이하]

[마력-08/성장 한계치 희귀 이상]

**[특성-없음]**

[총평-훌륭한 재능, 크게 나쁘다고 할 수 없습니다. 전체적으로 밸런스가 뛰어난 것은 물론 어디 하나 모난 곳이 없습니다. 아마 본인이 충실하게 성장에 임한다면 상위 서열로 충분히 올라갈 수 있을 것입니다. 성향이 참 마음에 드는군요. 기왕이면 가까이 하지 않는 것을 추천합니다. 플레이어 이기영에게는 너무 위험한 사람일 수도 있으니까요.]

'마검사?'

대충 능력치를 둘러보는 것만으로도 깨달을 수 있다. 완벽하게 밸런스가 잡혀 있는 스탯, 가장 눈에 띄는 것은 역시나 마력의 존재와 직업 이었다.

'마력?'

마법사가 아닌데도 불구하고 마력을 가지고 있는 경우는 김현성을 제외하고는 또 처음이다.

희귀 등급 마검사라는 것이 계속해서 눈에 밟힌다.

보유하고 있는 마력은 8로 심지어 나보다도 높다.

마력을 가지고 있다는 것만으로도 충분히 강자로 올라갈 수 있는 여지가 있다.

그러나 그 모든 정보보다 가장 눈에 띄는 것은 녀석의 성향이었다.

계산적인 살인자.

지금까지 많은 성향을 봐왔지만 저런 성향을 보는 것은 처음이었다.

옆에 있는 두 녀석도 별반 다르지 않다. 스탯 자체는 나보다 낮거나 박덕구보다 살짝 아래인 정도지만 전체적으로 나쁜 능력치를 가지고 있는 것은 아니다.

녀석들의 성향 역시 선의의 중재자나 순수한 옹호자처럼 긍정적으로 보이지는 않는다.

"또 손님 맞을 준비를 해야겠네요. 대충 봐도 싸울 수 있는 사람들처럼 보이는데…… 잘된 건지 몰라."

"들어가서 박덕구와 정하얀 좀 불러와."

"네?"

"빨리."

반문에는 대답하지 않고 곧바로 인상을 찌푸리며 주문을 외우기 시작.

무슨 일이 일어날 거라고 생각했는지 이지혜 역시 표정을 굳히고 쉼터 안쪽으로 향하기 시작했다.

나 역시 조금씩 뒷걸음질 치기는 마찬가지.

"주여, 나, 바라노니, 내 목소리에, 답해, 적들을 태울, 힘을 내려, 주시옵소서."

아직까지 딱히 적의를 가지고 있는 것 같지 않다.

애초에 느긋하게 이곳으로 걸어오고 있는 것처럼 보였으니까.

순수한 옹호자라는 성향을 가지고 있는 정하얀처럼 저들도 성향과 실제 행동이 불일치할 가능성도 존재 하지만 일단은 준비는 마쳐야 한다고 생각했다.

'제기랄.'

마력으로 탑을 쌓았고 주문도 이미 외웠다.

마침표만 찍으면 되는 상황에서 나는 입으로 튀어나오려는 주문을 꾹 눌러 담았다.
"처음 뵙겠습니다. 정진호라고 합니다."
저쪽에서 인사를 던져왔기 때문이다. 살짝 이쪽으로 한 발자국 걸어오는 것을 보고는 두 발자국 물러섰다.
'범위.'
20대를 넘나드는 민첩 수치가 얼마나 빠른지에 대해서는 이미 알고 있다.
사실 이 정도 거리도 위험하다.
정진호의 옆에 있는 두 명은 내가 최대한 억누르고 있는 마력에 대해서 눈치채지 못하고 있겠지만 마력을 보유하고 있는 정진호는 지금 내가 주문을 눌러 담고 있다는 사실을 알고 있을 것이다.
놈의 인사에 나 역시 계속해서 거리를 유지하며 입을 열었다.
"처음 뵙겠습니다. 이기영이라고 합니다."
"아! 석우 씨에게 이야기는 많이 들었습니다."
"네?"
"이번에 마법사로 전직을 하셨다고 들었습니다. 손에서 불꽃을 일으키신다고…… 꼭 한 번 보고 싶군요."
'유석우 거지 같은 놈. 쓸모없는 자식.'
"네."

“정말로 신기하더군요. 이곳이 저희에게 새로운 힘을 내리고 있다는 건 이미 알고 있었지만…… 마법사는 또 처음이라…… 아! 그렇게 경계하지 않으셔도 됩니다.”

까딱하면 죽을지도 모르는 상황이다. 경계하지 않는 것이 더 이상하다.

녀석들이 들고 있는 검과 창, 활이 나를 짜증 나게 만든다.

슬쩍 곁눈질로 유석우를 바라보니 조금 긴장한 것 같은 표정을 바라볼 수 있었다.

어떤 부분에서 긴장을 하고 있는지는 모르겠지만 긍정적인 신호는 아닐 거라고 생각했다.

“정말로 굉장한 곳이군요. 생존자들이 많이 남아 있다는 소리는 들었지만 설마 했습니다. 이런 장소라면 30명이 넘는 사람들이 함께 생존하는 것도 이해가 되는군요.”

“저도 처음에 이곳을 봤을 때는 깜짝 놀랐습니다. 전부 현성 씨의 덕이죠. 그보다 어쩌다가…….”

“아. 사실 근처에서 석우 씨와 함께 있던 사람들이 이곳에 있는 몬스터들에게 둘러싸인 걸 발견했습니다. 안타깝게도 발견하는 게 너무 늦어 나머지 사람들은 구하지 못했지만…… 석우 씨는 어떻게든 구할 수 있었습니다. 운이 좋았죠.”

다시 한번 유석우를 바라보자 고개를 끄덕이는 녀석의 얼굴이 시야에 들어왔다.

'진짜…….'

데려와도 하필이면 이딴 새끼들을 데려왔는지 당황스러울 지경이다.

사람 자체에게서 느껴지는 불길함.

그런 불길함이 녀석에게 있다.

어쩌면 행운 스탯의 효과일지도 모른다. 내 몸에 있는 감각이 녀석에게는 가까이 가지 말라고 소리를 지르고 있었으니까.

"그거 다행이군요. 안 그래도 석우 씨가 사냥을 나갔다는 소리에 조금 걱정되던 참이었습니다. 나머지 분들은…… 어쩔 수 없었지만……."

"조금만 더 빨리 발견했더라면 모두 구할 수 있었을 텐데…… 정말 아쉽더군요."

초조하게 눈동자를 굴리고 있었을 때 정하얀과 박덕구가 밖으로 나오는 것이 느껴졌다.

"무슨 일이요? 형님."

"새로 오신 분들이다."

그제야 조금 긴장이 풀린다. 묵직한 방패를 들고 밖으로 나서는 녀석의 모습은 확실히 겉으로 보기에도 위협적이다.

물론, 스탯은 구태여 말할 필요도 없다. 압도적인 내구 수치와 체력 수치는 아마 정진호로도 뚫어낼 수 없을 거라고 생각했다.

이지혜에게 언질을 받았는지 허접한 가죽갑옷을 입고 있는 채로 앞에 있는 세 명에게 적의를 보이는 모습은 꽤나 듬직하다.

정하얀 역시 고개를 푹 숙인 채로 무언가 중얼거리고 있는 모습.

아직까지 커다란 마력은 느껴지지 않지만 혹시 모를 상황에 대비하려고 하는 것이 틀림없다.

"환영 받을 줄 알았는데…… 조금은 의외로군요."

경계하고 있다는 것을 너무 티를 내고 있다는 것을 깨달은 것은 바로 그때.

"죄송합니다. 아무래도 상황이 상황인 터라……. 저도 모르게 낯선 사람을 만나게 되면 경계하는 건 어쩔 수 없을 것 같습니다. 무례했다면……."

"아닙니다, 기영 씨. 저희도 충분히 이해합니다. 저희도 식량을 노리는 사람들에게 습격당한 적이 있었으니까요."

"아."

"질이 나쁜 사람들끼리 무리를 지어 이 근방을 돌아다니고 있는 것 같더군요. 저희는 가까스로 도망치기는 했습니다만 다른 피해자가 없지는 않은 것 같습니다. 이곳으로 오는 와중에도 간살 당한 여자들을 많이 볼 수 있었습니다."

그 일을 저지른 것이 너희는 아닌지 묻고 싶다.

내 특성은 거짓말을 하지 않는다.

녀석이 정말로 사람을 죽이고 다녔는지 아닌지는 모르겠지만 정진호는 틀림없이 어떤 식으로도 문제를 일으킬 여지가 있다.

정상인의 성향이 계산적인 살인자라는 건 다분히 이해하기 힘든 이야기였으니까.

"정말로 참혹해 보였습니다. 이미 괴물이 시체를 반쯤 뜯어먹어 제대로 시체를 확인할 수는 없었지만 몸 여기저기에 괴물들이 아닌 인간이 만들어낸 흔적들이 보이더군요. 틀림없이 칼로 낸 상처였습니다."

"그렇습니까?"

"네. 도망치려고 했는지 등에는 화살이 박혀 있던 흔적도 있었습니다. 저항하려고 한 흔적도 보였고……. 아마 그 질이 나쁜 녀석들 중에 궁수가 있었을 겁니다. 검에 긁힌 자상이 있었으니 아마도…… 검을 들고 다니는 놈들이라고 생각하는 게 맞겠죠. 혹시 본 적은 없으십니까?"

"네."

녀석의 옆에 조용히 활을 들고 있는 녀석이 자연스럽게 시야에 비친다.

저런 말을 꺼내는 의도를 파악할 수 없다. 한 가지 확실한 것은 묘한 긴장감이 형성되고 있다는 것.

'해보자는 건가.'

정말로 해보자는 건지 궁금해졌다.

내 표정을 봤는지 박덕구 역시 슬그머니 방패를 빼 들고 앞으로 나가는 중.

나와 정하얀의 앞을 봐주기 위해 몸을 움직인 것이다.

박덕구가 보이지 않는 건지 궁금할 지경.

아마도 녀석은…….

'자신이 있나?'

그럴 확률이 높다.

모든 게 내 뇌내망상에 불과하기는 하지만 놈은 분명히 이쪽을 노리고 있는 것처럼 보였다.

정진호의 팔의 위치가 자꾸만 허리춤으로 가려는 게 신경 쓰인다. 아마 박덕구 역시 놈의 팔을 신경 쓰고 있으리라.

"어쩌면 기영 씨들이 가지 않는 부근에서 활동하는 이들일 수도 있겠군요."

"아마도 그렇겠죠. 그런 사람들의 이야기는 들어본 적도 본 적도 없습니다."

자신의 허리를 만지고 있었던 놈의 손이 검의 손잡이로 향하려고 했던 그때.

나는 곧바로 주문을 내뱉었다.

아니, 정확히 이야기하자면 내뱉을 뻔했다.

김현성의 목소리가 들리지 않았다면 틀림없이 화염구를 소환했을 것이다.

“무슨 일입니까.”

검의 손잡이로 향하던 놈의 손이 슬쩍 하의 쪽으로 향한다.

바지에 자신의 손을 슥슥 닦은 이후에 이쪽의 악수를 해오는 모습은 꽤나 가관.

처음부터 이럴 작정이었는지는 모르겠지만 김현성의 등장에 놈의 분위기가 조금 달라진 것은 사실이다.

나는 외우고 있는 주문을 캔슬한 이후에 녀석의 손을 맞잡았다.

“아무튼 간에 반갑습니다, 기영 씨.”

“저도 반갑습니다. 진호 씨.”

살짝 고개를 돌려 이쪽으로 다가오고 있는 김현성의 얼굴을 바라본다.

며칠 동안 꽤나 고생 좀 했을 텐데 표정에는 피곤한 기색이 별로 없다.

아무렇지도 않은 표정으로 유석우가 데리고 온 사람들에게 시선을 돌리는 것이 보였다.

“무사하셨군요. 설명하자면 조금 깁니다. 여기는 석우 씨가 데리고 온…….”

“처음 뵙겠습니다. 정진호라고 합니다.”

뭔가 표정이 이상하다고 생각했던 것은 바로 그때.

정진호를 바라보고 있는 김현성의 표정이 조금 딱딱하게 굳어 있다.

뭔가의 데자뷰를 보고 있는 것만 같다. 표정은 다르지만 김현성이 처음 정하얀을 만났을 때와 무척이나 유사하다.

‘알고 있나?’

김현성은 미래의 정진호를 알고 있을지도 모른다.

당연히 확정된 것은 아무것도 없지만 딱딱하게 굳어 있는 표정을 넘어 분노를 보내고 있는 듯한 눈빛에는 조금의 확신을 담을 수 있었다.

나조차도 몸이 덜덜 떨려왔으니까.

‘김현성은…… 왜 저러는 거야.’

내가 알고 있는 김현성과는 조금 다른 모습이었다.

애초에 김현성은 자신의 감정을 잘 드러내지 않는다.

그나마 감정을 크게 들어냈던 것은 정하얀을 처음 발견했을 때, 그마저도 찰나에 불과했다.

‘뭐야.’

혹시라도 이쪽이 박혜영에게 한 짓을 눈치챈 것은 아닌가 하는 생각은 들었지만 김현성이 보고 있는 건 나나 정하얀이 아니다.

틀림없이 정진호를 바라보고 있다.

이런 모습을 보는 것은 또 처음.

마력을 일으키거나 하고는 있지 않지만 녀석의 눈은 틀림없이 적의를 드러내고 있었다.

경계하고 있는 듯한 표정과 눈동자.

조금은 떨리는 것 같은 손과 발, 무엇보다 무척이나 가라앉은 표정.

'알고 있는 거야.'

김현성은 분명 정진호를 알고 있다.

물론 어떻게 알고 있는지에 대해서는 내가 알 방법이 없다.

최대한 단순하게 생각해 보자면 내가 알지 못하는 미래에 어떤 악연으로 얽혀 있다고 생각하는 편이 확률이 높다.

김현성에게 남의 상태창을 볼 수 있는 능력 따위는 없다.

나처럼 계산적인 살인자라는 정진호의 성향을 보고 녀석을 경계하는 것이 아니다.

정진호라는 인물 그 자체에게 불쾌감을 느끼고 있고 적의를 보이고 있는 것이다.

조금의 시간이 지난 뒤에도 김현성은 조심스럽게 정진호를 살펴보는 중.

악수를 하기 위해 김현성에게 손을 뻗는 자세가 머쓱할 만도 하건만 정진호는 싱글벙글 웃으며 김현성을 바라보고 있었다.

녀석의 성향을 모른 채 저 얼굴을 봤다면 단순히 사람 좋은 녀석으로 알고 있었을 것이다.

조금 얼이 빠진 김현성에 모습에 나는 녀석의 팔을 두드리며 입을 열었다.

"현성 씨."

"아…… 죄송합니다. 김현성이라고 합니다."

정진호와 김현성이 살짝 손을 마주잡고 있는 모습이 시야에 비친다.

왠지 모르게 꽉 쥔 주먹이 계속해서 눈에 띄었다.

'살인자…… 살인자라…….'

정진호의 성향 계산적인 살인자.

김현성이 오기 전까지 있었던 미묘한 대치.

정진호를 본 김현성의 반응.

여러 가지 가정을 해볼 수 있다.

정진호를 사이코패스 살인마라고 가정했을 때 나올 수 있는 추론이다.

어쩌면 정진호가 김현성이나 김현성의 주변 인물들을 죽였을 수도 있다고 가정하는 것이 첫 번째.

직접적으로 마주친 적은 없었지만 정진호에 대한 소문이나 이야기를 들어왔을 확률이 두 번째다.

첫 번째일 확률은 상대적으로 적다. 만약 자신을 죽이거나 주변 친구들을 죽였음에도 불구하고 김현성이 저렇게 자제력 있는 모습을 보이고 있다면 나는 놈을 호구가 아니라 성자라고 부를 것이다.

내 기준으로는 지금도 녀석은 성자에 가깝기는 하지만 그건 이것과는 상관없는 이야기.

어쩌면 나와 박덕구, 정하얀 그리고 안에 있는 이들의 눈을 의식하고 있을 확률도 있다.

만약 우리의 눈을 의식하고 있다면 놈은 마음속으로 정진호를 수십 번은 찢어 죽이고 있으리라.

나였어도 마찬가지였을 테니까.

"다시 한번 인사드리겠습니다. 정진호라고 합니다. 석우 씨에게 이야기는 많이 들었습니다. 이 쉼터를 관리하고 계시다고……."

"우연치 않게 생존자들을 발견했을 뿐입니다."

"계속해서 구조 활동에 힘을 써주시고 계시다고 들었습니다."

"아. 네……."

"정말 대단하신 것 같으십니다. 강한 분이라는 이야기는 석우 씨에게 계속해서 이야기를 들었지만…… 정말로…… 제 생각보다 더 강하신 것 같군요. 혹시 스탯이 얼마나 되는지 물어봐도 되겠습니까?"

유석우 저 쓸모없는 놈은 지껄이지 않은 이야기가 없다.

"아무래도 말씀드리기는 어려울 것 같군요."

"아! 물론 불편하다면 말씀해 주시지 않으셔도 됩니다. 저희는 이곳에서는 조금 멀리 떨어진 스타트 포인트에서 왔습니다. 그쪽은 생존자들을 찾아볼 수 없어 우연치 않게 돌아다니고 있다가 석우 씨를 발견했습니다."

"그렇습니까?"

"네. 아까 기영 씨에게도 말씀드린 이야기입니다만 이곳에 이렇게 많은 사람이 생존해 있을 줄은 상상도 못했습니다."

김현성의 표정은 변함이 없다.

경계나 적의 따위도 없다. 평소대로의 얼굴이다.

이미 한 차례 이 지랄을 겪은 녀석이니 자기 감정을 숨기는 것에 어느 정도 익숙해졌다고 생각하기는 했지만 내 생각보다 김현성은 조금 더 침착하다.

이런 놈이 어째서 호구처럼 주변 사람들을 챙기고 있는지는 모르겠지만 아마 내가 모르는 과거가 발목을 잡고 있을 것이다.

첫 번째가 상대적으로 확률이 적다는 생각은 취소.

김현성은 내가 생각하는 것보다 감정을 컨트롤하는 것에 익숙하다. 그럼에도 불구하고 나는 개인적으로는 두 번째 추론에 더 높은 점수를 주고 싶다.

'정진호에 대한 소문이나 이야기.'

정진호의 잠재 능력은 지붕을 뚫을 수 있을 것처럼 높다.

게임으로 비유하자면 랭커로 올라갈 수 있는 기반을 이미 이곳에서 마련해 놓은 거나 마찬가지.

마음의 눈도 녀석을 성장 확률이 크다고 판단하고 있다.

녀석의 성향을 고려해 생각해 본다면 놈은 미래에 알아주는 살인마거나 범죄자가 될 확률이 크다.

세상을 한차례 떠들썩하게 만들었을 거다.

미래에 한딱가리 했을 김현성이 마찬가지로 미래에 유명한 범죄자가 될 정진호를 듣거나 본 적이 있다는 것이 두 번째 추론이다.

물론 둘의 위치가 바뀌었다는 가능성도 있지만 성향을 생각해 본다면 확률은 미약하다.

살인을 즐거워하는 김현성의 얼굴은 상상하기 어려웠으니까.

"만약 실례가 되지 않는다면 저희도 이곳에서 함께 지내도 괜찮겠습니까?"

"……."

"가지고 온 식량도 있습니다. 아마 모두가 며칠을 나누어 먹을 수 있을 겁니다. 물론 현성 씨들이 마음에 들지 않으신다면…….”

잠깐 동안의 고민.

그렇지만 이내 김현성은 고개를 끄덕였다.

“아닙니다. 생존자 분들은 항상 환영합니다. 따로 안내를 도와드리죠.”

“아. 감사합니다.”

의외의 선택이라고 생각했다.

“덕구야, 네가 지혜 씨와 함께 이분들에 대한 안내를…….”

“형님. 괜찮겠소? 방금 전에 우리…….”

“상관없다, 덕구야. 무슨 일 있으면 바로 불러.”

“끄응. 형님이 그렇게 말한다면야……. 다들 따라 오슈. 그렇게 지내기 편한 곳은 아니지만 어디 밖에서 돌아다니고 있는 것보다는 나을 거요.”

김현성의 선택은 의외의 선택이기도 하지만 합리적인 선택이기도 하다.

적이라면 더욱더 가까이 두어야 한다는 것을 김현성도 알고 있다.

나로서도 환영해 주고 싶은 부분.

단순히 미치광이 사이코라면 이곳에 들이지 않는 편이 좋겠지만 김현성의 등장 이후 꼬리를 내린 모습을 보면 정진호 녀석도 생각이 많은 종류에 속한다.

오히려 조금 얌체 같다.

이전에 느꼈던 불길함이나 미묘한 분위기는 이미 놈에게 찾아볼 수 없다.

김현성에 등장에 승산이 없다고 판단하고 한발 물러선 것이다. 애초에 나와 박덕구를 공격할 의도가 없었다고 생각할 수도 있기는 하지만 김현성이 오기 전 내가 느꼈던 불안감은 진짜였다.

'고맙다.'

그럼에도 불구하고 놈에게는 무척이나 고맙다.

입꼬리가 절로 올라가고 배시시 미소가 절로 나온다.

놈이 계산적이라면 이쪽에서 어떻게든 이용할 수 있다.

'이용할 수 있어. 이 상황은 틀림없이 이용할 수 있다.'

조금 뜬금없는 상황이기는 했지만 나쁘지는 않다. 아니, 어쩌면 지구상에서 제일 운이 좋은 사람은 나일지도 모른다.

방금 전 죽었을 수도 있다는 생각은 이미 내 머릿속에서 사라졌다.

'고맙다, 정진호 이 새끼야.'

놈이 이쪽에 나타난 것은 어떻게 보면 나한테는 엄청난 행운이다.

살짝 고개를 돌리자 김현성이 시야에 비친다.

놈의 표정이 조금 멍해 보였다.

"같이 들어가시죠, 현성 씨."

"조금 천천히 들어가겠습니다. 먼저 들어가시죠."

생각이 많은 것 같은 얼굴.

나 역시 마찬가지다.

그러나 지금 이 자리에서 녀석과의 대화를 계속해서 이어나가야 한다.

그 편이 더욱더 효과가 좋을 테니까.

"알고 있는 사람이었습니까?"

"아."

"왠지 모르게 알고 있는 것 같은 표정을 하시는 것 같아서 말씀드린 겁니다."

조금은 고민하는 얼굴이었지만 녀석은 이내 고개를 끄덕이며 말을 이었다.

"조금은…… 알고 있다고 하는 게 맞는 것 같군요. 아마 저 사람은 저를 모르고 있을 겁니다. 아주 예전에 스치듯이 본 것이 전부라……."

"아, 그런 인연도 다 있군요."

"인연이라고 할 것도 없습니다. 말 그대로 스치듯이 본 것이 전부니까요. 정진호 씨에게는……."

"물론 이야기하지 않도록 하죠."

상담에서 가장 중요한 것은 비밀을 지키는 것이다.

나는 짐짓 아무렇지도 않은 표정으로 다시 입을 열었다.

처음엔 역시 형식적인 이야기.

내 말에 놈도 자신이 실례했다는 걸 깨달았는지 황급히 말을 이었다. 가출해 있던 정신이 살짝 돌아온 것이다.

"무사하실 거라고 생각은 했지만 정말로 돌아오셨군요. 역시 대단하십니다."

"아뇨. 운이 좋았습니다. 조금 힘들었습니다만…… 최대한 길을 우회해서 돌아올 수 있었습니다. 그러고 보니 기영 씨도 다행이군요. 이쪽에 돌아오는 데 무슨 문제는 없으셨습니까?"

"사실 그것과 관련해서 말씀드릴 게 있습니다."

"네?"

"혜영 씨가 죽었습니다."

어차피 맞을 매라면 먼저 맞는 것이 맞다.

오히려 정진호 문제로 머리가 터질 것 같은 지금 상황에서 이야기를 꺼내는 게 가장 합리적이다.

조금은 충격 받은 얼굴 그러나 누군가의 죽음에는 익숙한지 놈은 천천히 고개를 끄덕였다.

다행히 이쪽을 의심하는 눈치는 없다.

아까 전에 무슨 문제가 없었냐고 물었던 것으로 알 수 있었지만 김현성은 박혜영의 시체를 확인하지 못했다.

"그렇군요. 어떻게……."

"마법입니다."

"네?"

"정체를 알 수 없는 마법이었습니다."

"마법 말입니까?"

"아마 확실할 겁니다. 제가 아직 수준이 낮아 정확히 뭐라고 판단할 수는 없지만 분명히 마법이었습니다. 잔존 마력이 남아 있을지는 모르겠지만."

"아."

"덕구와 함께 길을 달리던 도중, 하얀 씨와 혜영 씨가 저희와 떨어진 걸 눈치챘습니다. 저도 주문을 외우고 있었던 상황이라 주변에 무슨 일이 일어나고 있는지 정확하게 파악하지 못했습니다. 당시에는 외웠던 주문을 유지하는 게 한계라……."

"그렇군요."

"뒤늦게 찾아가 보니 사지가 잘린 채로 죽어가는 혜영 씨가 있더군요. 주변에는 어떤 마법적인 처리가 느껴진 것 같기도 하고. 근처에 있는 하얀이는 어떻게든 발견할 수 있었지만…… 자세한 사정은 알지 못하는 거 같았습니다."

"사지가 잘린 채로 말입니까?"

"네. 사지가 잘려 있었습니다. 아마도 던전의 함정 따위가 아닐까 하고 생각은 하고 있지만……."

함정 따위는 없다.

그걸 알고 있는 녀석이 다시 한번 내 말을 곱씹었다.

"함정……."

"네. 사실 혜영 씨의 사체라도 같이 데리고 오고 싶었지만 경황이 없어서…… 괴물들에게 먹힐 바에야 태우는 것이 좋다고 생각했습니다. 그래서……."

내가 무슨 말을 하는지 알고 있을 것이다.

나는 박혜영의 시체를 태웠다.

"아. 그렇군요. 힘드셨겠습니다."

최대한 진솔하게 말하는 게 좋다.

어제와는 상황이 달라졌으니까.

우리 착하디착하고 순해 빠진 정하얀보다는 조금 더 제대로 된 용의자가 등장해 줬으니까.

나는 다시 한번 마음속으로 중얼거렸다.

'고맙다, 마검사 정진호.'

범인은 정해져 있다.

사이코패스 살인마 정진호, 그 새끼가 범인이다.

to be continued

불친적하기 짝이 없는 이세계 '에리아'.
그곳에 소환된 '이성민'.

13년의 생활 끝에 죽음을 맞이한 그에게
또 한 번의 기회가 주어졌다.

재능이 없다.
그러나 그에겐 13년의 기억이 있다.

우연처럼 엮인 필연이, 그리고 목적이
그를 앞으로, 더 높은 곳으로 나아가게 한다.

이성민은 무엇을 바라였는가.
무엇이 되고 싶었는가.

"나는 다시 살아가 보고 싶다.
전생보다 나은 삶을."